Quand le requin dort

Du même auteur

chez le même éditeur

Mal de pierres, 2007

Battement d'ailes, 2008

Mon voisin (piccolo n° 60), 2009

au Livre de poche

Mal de pierres (31203)

Battement d'ailes (31657)

en livre audio

Mal de pierres (Audiolib)

Milena Agus

Quand le requin dort

Traduit de l'italien
par Françoise Brun

Liana Levi

Titre original : *Mentre dorme il pescecane*

ISBN 978-2-86746-538-3
www.lianalevi.fr

aux docteurs
Clara Corda et Walter Ciccone

– Et maintenant?... demanda Pinocchio se faisant grave.

– Maintenant, mon enfant, nous sommes bel et bien perdus.

– Pourquoi perdus? Donnez-moi la main, mon petit papa, et prenez garde de ne pas glisser!....

– Où me conduis-tu?

– Nous devons faire une nouvelle tentative pour nous enfuir. Venez avec moi et n'ayez pas peur.

Carlo Collodi, *Les Aventures de Pinocchio,*
trad. Jean-Paul Morel, Casterman, 2002

La famille Sevilla-Mendoza

En réalité, nous ne sommes pas la famille Sevilla-Mendoza. Nous sommes sardes, j'en suis sûre, depuis le Paléolithique supérieur.

C'est mon père qui nous appelle comme ça, ce sont les deux noms de famille les plus courants là-bas. Il a beaucoup voyagé, et l'Amérique c'est son mythe, mais pas celle du Nord, riche et prospère, celle du Sud, pauvre et déshéritée. Quand il était jeune, il disait qu'il y retournerait, seul ou avec la femme qu'il épouserait, qui partagerait son idéal et l'aventure de vouloir sauver le monde.

Il n'a jamais demandé à maman de partir là-bas avec lui. Partout où il fallait aider, il y est allé. Mais jamais avec elle, elle a bien trop peur des dangers et elle est toujours à bout de forces.

Chez nous, chacun court après quelque chose : maman la beauté, papa l'Amérique du Sud, mon frère la perfection, ma tante un fiancé.

Et moi j'écris des histoires, parce que quand le monde ne me plaît pas, je me transporte dans le mien et je suis bien.

Dans ce monde-ci, il y a plein de choses qui ne me plaisent pas. Je dirais même que je le trouve moche, et je préfère décidément le mien.

Dans mon monde, il y a lui, aussi, qui a déjà une femme.

Je ne dois absolument pas oublier ce qu'il a dit.

«Jure que tu ne voudras jamais avoir une liaison sentimentale avec moi.»

Et moi: «Je le jure.

– Notre relation sera uniquement animale, et pas végétale.

– Une relation animale.

– Deux chiens qui remuent la queue quand ils se voient et qui se reniflent le cul.

– Tu me trouves belle? je lui demande.

– La plus belle qu'il y ait dans cette pièce.

– Mais il n'y a que moi.

– Et alors?

– S'il te plaît, dis-moi si tu me trouves belle.

– Ton cul est le meilleur du monde.»

Mais mon idée de l'amour ça ne peut pas être seulement le cul.

«Mon visage, tu aimes mon visage?

– Avec un cul pareil, je me fiche de ton visage. Et puis, s'il y a quelque chose qui me casse les couilles, c'est les compliments sur commande.»

Alors j'arrête, parce que je ne veux pas faire comme maman.

Grand-mère racontait que maman a toujours été un peu casse-pieds. Quand elle était petite, avant d'aller se coucher, elle disait au revoir à ses parents en les embrassant et en leur souhaitant une Bonne Nuit. Eux, ils étaient peut-être fatigués et ils répondaient d'un ton distrait: «Bonne nuit.»

« Dites-moi un vrai Bonne Nuit ! suppliait la petite.
– Bonne nuit », disaient-ils, un peu agacés.

« Pas comme ça, pas comme ça ! Celui-là, il est encore plus vilain que le premier ! »

Au désespoir, elle pleurait jusqu'à ce que mes grands-parents épuisés lui filent une bonne raclée. Alors seulement, de but en blanc, elle s'endormait.

Elle se lève à l'aube et va là-haut sur la terrasse avec un seau d'eau de Javel et un balai, pour nettoyer les « petits cacas » des pigeons. Mais même avec les pigeons elle est gentille. Elle les invite à ne pas venir en construisant de chaque côté une barrière de plantes épineuses rouges et blanches, exactement dans le ton des dalles du sol. Ou bien, sur les fils, elle accroche des enveloppes, qui les effraient par leur bruissement. Et toutes les autres fleurs aussi sont rouges et blanches : les jasmins, les roses, les tulipes, les freesias, les dahlias.

Quand elle étend le linge aussi, les couleurs, ça compte. Mais à mon avis ce n'est pas pour l'esthétique. Par exemple, pour notre petit linge à nous, les enfants, elle n'utilise que des pinces vertes : l'espérance. Pour ses draps, à papa et elle, les rouges : la passion. J'ai remarqué qu'elle évite toujours les jaunes, le désespoir, et elle les fait disparaître quand il y en a dans les paquets tout prêts.

Maman n'a pas seulement peur des pinces à linge jaunes, elle a peur de tout. C'est rare qu'elle regarde un film jusqu'à la fin et ne s'enfuie pas du cinéma terrorisée à la première scène un peu dure, ou simplement réaliste.

Elle a peur des étoiles aussi, parce qu'elle s'y connaît en astrologie, et elle examine avec angoisse leur parcours, leur position. Il est rare qu'il n'y ait pas dans le ciel quelque motif d'inquiétude.

Elle dit toujours qu'elle ne se pardonnera jamais de ne pas avoir fait naître mon frère quelques heures plus tard : dans son ciel, il y aurait eu un très bon aspect entre Vénus et la Lune, toutes les deux en exaltation, ça l'aurait rendu heureux en amour. Et elle se sent coupable pour moi aussi parce que dans mon cas il aurait suffi d'une heure plus tôt.

« J'aurais dû insister, dit-elle toujours, j'avais des contractions et je ne voulais pas déranger. Ils étaient sûrs que je n'étais pas prête mais c'était faux. J'ai accouché de ma fille sans contractions, à un moment où la Lune était carrée à toutes les planètes ! Ma pauvre fille ! »

Mon père dit qu'elle est un lapin, qui fait des petites crottes toutes rondes. Souvent il s'approche d'elle et lui chuchote à l'oreille le bruit qu'elle fait en mangeant des carottes.

« Crontch crontch crontch crontch crontch crontch crontch crontch », et maman rit tant qu'elle peut et le regarde toujours ravie, parce qu'il est l'inverse d'elle. Ce que les autres pensent, il s'en fiche complètement. Et il ne s'excuse jamais de rien. Et jamais il ne se sent inférieur à quelqu'un, même s'il n'a pas fini la fac. Au contraire, quand quelqu'un étale ses titres universitaires, il dit que la culture ce n'est pas ça, c'est autre chose, et qu'ils sont simplement de grands ignorants.

« Ta mère, m'a confié un jour papa, est une épouse qu'on doit faire rire. Il faudrait donner la posologie à tous ceux qui l'approchent. Le mode d'emploi. Si un jour j'avais des problèmes, si j'étais triste et que je n'arrive plus à la faire rire, alors j'aimerais mieux être dans le pire endroit du monde à faire les poubelles. »

Aussi nous ne confions jamais rien à maman, et nous faisons tampon entre le monde et elle.

Tandis que moi, j'ai un estomac d'acier. Comme mon grand-père maternel, qui a fait la guerre dans la Marine, trois naufrages, deux ans prisonnier des Allemands et même des SS les derniers mois, à marcher jour et nuit dans le froid pendant leur évacuation, où tous ceux qui n'y arrivaient plus étaient tués. Il s'est bagarré avec des chiens pour des épluchures de pommes de terre dans les ordures, pendant que le SS qu'ils appelaient le Balafré regardait en rigolant. Il a marché sans jamais s'arrêter, si bien qu'ils ne l'ont pas tué et il s'en est sorti.

Il est revenu, et il a repris sa vie. La seule chose, c'est qu'il était nerveux. On laissait tomber une fourchette et il sautait en l'air.

Les horreurs de la guerre, il a arrêté très vite de les raconter à ma mère, parce que la petite faisait des cauchemars la nuit, elle rêvait qu'elle était avec grand-mère dans une grande file de gens attendant d'être internés pendant qu'on torturait grand-père.

Jeune fille, en réaction à la méchanceté d'Hitler, elle devint communiste. Mais ensuite elle lut des choses sur les crimes de Staline et de Mao, et que la vie était moche en Russie et en Chine aussi. Elle se rabattit sur l'Église, mais là encore il y avait ou il y avait eu dans le passé des gens méchants : les inquisiteurs, par exemple, ou les bigotes sans cœur. Il ne restait plus que la démocratie. Parfaite. Mais papa dit toujours que les démocraties occidentales, avec leur dictature économique, assassinent le tiers-monde.

Lui, il est déjà marié, mais ces coups de fil-là ont un effet magique.

« C'est moi, comment ça va ? »

Je ne me souviens plus comment je vais. Je me mets à lui frayer un chemin jusqu'à moi parmi la foule, je monte des plans super-compliqués pour qu'il vienne chez nous pendant que mes parents sont absents. Maman surtout, quand elle n'est pas au travail elle est toujours là. Je la convaincs d'aller se promener pour ses peintures et je l'envoie de plus en plus loin avec son chevalet : à la colline de San Michele, qui domine la ville, mais où maman a le cafard à cause de la façon dont y est morte cette pauvre Violante Carroz en 1511, ou bien au phare de Calamosca, avec cet horizon infini. Puis on s'accorde sur une heure et je reviens la chercher avec ma Vespa rouge, parce que maman n'est pas capable de retrouver son chemin ou de prendre un bus.

L'attente est une vraie cérémonie : ampoule de dix watts dans ma chambre, silence total. Je l'attends couchée sur le lit comme si nous devions sortir. Manteau, sac à main, chaussures à talons et mains croisées sur la poitrine. Une morte prête à renaître. Une petite moche prête à devenir une beauté.

Puisqu'il ne peut pas aller se promener avec moi à cause de sa femme, nous sortons en imagination. Les vêtements sont magiques, parce qu'ils n'ont pas de rapport avec les vraies saisons mais avec ce que tu as dans la tête ce jour-là.

La sonnette, le code. Il entre, il me lance un regard qui semble vouloir dire « tu es jolie », il suit les deux couloirs qui mènent à ma chambre, il prend la fille couchée sur le lit et l'emmène dans un autre monde.

Souvent mon frère est triste. Quand on est sûrs que maman n'entend pas, il me parle de son école, qui est un endroit très dur. Par exemple, les forts mangent toujours au moins deux goûters, les faibles même pas un, sinon ils « prennent des coups ». Le goûter que ma mère prépare pour mon frère a un grand succès chez les forts. Comme sa calculette et ses affaires scolaires. Il faut toujours tout racheter. Il dit que, s'il n'y avait que lui, l'école il n'y retournerait plus, surtout maintenant qu'une fille qu'il aimait bien s'est mise avec un des forts. Il jouerait du piano, un point c'est tout.

Maman aussi me parlait du bureau avec la même tristesse. On l'avait mise de force aux archives.

Avec la clé noire, elle ouvrait la porte de la première pièce. Là, il y avait un petit coffre-fort qui contenait d'autres rangées de clés de couleur différente, qui ouvraient les armoires. Mais il y en avait une, de couleur comme les autres, qui avait une petite marque, et celle-là donnait accès à la seconde pièce. Là encore, il y avait un petit coffre-fort avec des clés pour accéder aux documents plus confidentiels. Chaque document était aussi accessible par ordinateur, mais ça c'était un autre collègue. Maman était juste chargée d'ouvrir les armoires, d'apporter les documents aux collègues qui les demandaient et de veiller à ce que tout revienne bien à sa place. Mais elle était lente, et elle voyait que ses collègues soupiraient, souvent elle se prenait les pieds dans les chaises ou bien elle tombait de l'échelle, quand l'étagère était en haut, et les documents s'éparpillaient sur le sol. Elle se sentait coupable et, avec une docilité de plus en plus exaspérante, ne demandait jamais ses vacances en août ou une petite augmentation de salaire. En plus, elle cachait tout ça à mon père et faisait passer ses vacances en novembre pour une originalité, un désir personnel.

Le matin, elle arrivait dans la cuisine avec un air sombre et ne souriait que quand mon père l'accueillait avec bonne humeur : « Oh ! La fraîcheur ! La beauté ! » Et il poussait des soupirs comme s'il avait un orgasme. Il la taquinait, parce qu'il savait à quel point un Bonne nuit ou un Bonjour dit sur un ton qui n'était pas le bon pouvait la jeter dans le désespoir.

Ensuite ils se préparaient, mon frère et elle, à partir au supplice. Ils faisaient un bout de chemin ensemble, et souvent, moi qui partais dans la direction opposée, je me retournais pour les regarder : lui avec sur les épaules un énorme cartable, parce que les forts, eux, venaient au lycée sans apporter de livres, et elle qui était comme le portemanteau de ses vêtements, tellement elle aurait voulu à ce moment-là ne pas exister comme personne.

Et puis, un jour, mon père a dit : « Qu'est-ce qu'on en a à foutre de ces trois sous qu'ils lui donnent, hein ? Madame Sevilla-Mendoza est pauvre, mais elle peint ! Et une artiste n'a pas à perdre son temps enfermée dans un bureau. »

Je dois dire que nous n'avons remarqué aucun changement économique, après. De toute façon, maman vend plein de tableaux dans les expositions, ils sont très appréciés, et papa envoie l'argent des ventes au tiers-monde parce que nous, tout compte fait, on n'en a pas l'usage.

Souvent elle passe des heures devant la fenêtre, le pinceau à la main. Elle dit que nous sommes toujours occupés ailleurs et du coup nous ratons le ciel, et le vol des oiseaux migrateurs quand ils reviennent, ou quand ils partent. Chez nous, ça donne sur les toits et sur les petites terrasses du quartier de la Marina, carrées, comme la nôtre, avec des fleurs et des braseros pour griller les poissons le dimanche, et des réservoirs bleus, parce que l'eau manque, et plein de gens toujours en train de faire quelque chose: imperméabiliser le sol, ajouter des vérandas ou des pièces supplémentaires, réparer les encadrements, hisser de nouvelles antennes pour la télévision. Quand grand-mère vient nous voir, elle regarde dehors, observe tout attentivement et dit:

« Vous avez vu comme ils ont bien arrangé, là-bas? » et maman est contrariée parce que grand-mère n'a jamais un compliment pour chez nous, même quand elle vient au moment où le soleil se couche, après plusieurs belles journées, quand de l'autre côté de la Marina la mer dans le port de Cagliari est d'un violet d'aquarelle et le ciel immobile est silencieux et le bateau qui part semble illuminé comme pour un bal.

Maman les bateaux qui partent ça la rend triste, et même s'il n'y a personne dessus qui lui dise Adieu, pour elle la séparation est douloureuse. Elle soupire: « C'est la vie, il y a toujours quelqu'un qui s'en va. »

Mon père lui suggère de ne plus les regarder, les bateaux qui partent, qu'est-ce qu'on en a à foutre des couchers de soleil violets et des lumières de bal, que maman se mette plutôt à la fenêtre pour les arrivées. Et c'est vrai qu'elle a toujours envie de sourire, derrière les vitres, quand le matin les ferries entrent dans le port, qui ressemble à un lac les jours calmes et limpides, fermé qu'il est à l'horizon par les montagnes bleues de Capoterra, de l'autre côté du golfe.

Grand-mère dit que mon frère a pris le pire de maman et de papa : le mal-être de l'une et les absences de l'autre. Papa pourrait faire de grandes choses pour lui, mais il n'est jamais là. Il pourrait lui parler en tête à tête de Dieu, au lieu de le faire en général quand on est tous là, ou de comment se raser sans se couper, ou accrocher les filles. Alors que dans le monde de mon frère il n'y a que Mozart, Bach, Beethoven, qui sont très grands, mais très loin aussi, il faut la partition.

Pour accrocher les filles il vaudrait peut-être mieux des chansons, comme celles que papa joue partout à la guitare, avec toutes les femmes autour de lui à baver et chanter en chœur. Quand mon frère est à la maison, il reste dans sa chambre à jouer du piano et maman fait le va-et-vient avec des oranges pressées et des goûters sains qui ont la bonne proportion d'hydrates de carbone, de protéines et de vitamines. Lui, il l'envoie promener : « La barbe, à la fin ! »

Grand-mère dit que maman s'est mariée avec un type bizarre toujours par monts et par vaux à faire du bénévolat et à sauver les enfants des autres au moment où naissaient les siens. Il ne s'en souciait guère, de cette jeune fille enceinte et terrorisée qui demandait aux docteurs si l'accouchement c'était plus douloureux, ou moins, que les tortures de la Gestapo, ou du KGB, ou de la CIA. Les docteurs répondaient: « Tout dépend de quelle torture, madame, tout dépend. Mais dites-vous que depuis que le monde est monde, les femmes accouchent. Ça veut dire que c'est possible »

Une bizarrerie en entraîne une autre. Forcément. Et ce que ma grand-mère ne supporte pas non plus de mon frère, c'est que sur lui les vêtements pendouillent, comme sur maman. Tous les deux sont beaux, mais ça ne se voit pas, parce qu'ils sont gauches et empêtrés et ils marchent tellement courbés qu'on ne s'aperçoit même pas qu'ils sont grands.

Mon grand-père était un type fort. À seize ans, l'âge de mon frère maintenant, il devait partir sur le Continent, pour faire l'académie militaire. Il s'en vantait auprès de ses camarades. La veille de son départ, certains se sont cachés pour l'attendre et l'ont roué de coups. À plusieurs contre un. Il est parti quand même, et son aventure ce fut la guerre, qui l'a trouvé prêt, et même très en avance.

Ce que nous avons en commun maman et moi, c'est que nous mettons du miel sur tout, alors que ma tante est carrée, et quand quelqu'un a envoyé promener quelqu'un d'autre elle dit qu'il lui a « botté le cul ». Maman et moi nous n'aimons pas les manières de ma tante. Nous aimons voir le monde derrière une couche de miel et papa dit qu'on finira par se faire un diabète du cerveau. Moi, je crois que si maman et ma tante sont tellement différentes, c'est à cause de ce qui s'est passé au début. Quand grand-mère était enceinte de maman, grand-père et elle habitaient avec un autre couple pour faire des économies de loyer. L'autre dame n'arrivait pas à avoir des enfants et elle avait pris grand-mère en grippe. Elle versait de l'eau bouillante sur ses fleurs, elle faisait disparaître les assiettes de son service, qui avait de moins en moins de pièces. L'histoire dura des années, jusqu'à ce que maman aille à l'école primaire, et on ne pouvait pas en parler à grand-père, parce qu'un jour grand-mère avait fait juste une allusion, et lui, il était allé trouver le mari de la voisine et il avait failli le tuer. Il n'y avait donc plus qu'à se taire et racheter des assiettes, ou replanter des fleurs, quand c'était possible. La dernière chose qui disparut ce fut *Les Mille et Une Nuits*, que grand-mère remettait dans un endroit secret chaque fois qu'elle en avait lu un passage à la petite. Un jour, il n'y était plus.

Alors qu'à la naissance de ma tante la voisine s'était enfin retrouvée enceinte, et les fleurs ne se fanèrent plus, les assiettes ne disparurent plus ni les recueils de contes. Et puis grand-père était moins nerveux, le camp de concentration plus éloigné dans le temps, et ma tante pouvait faire tomber toutes les fourchettes qu'elle voulait de la table sans que ce soit la fin du monde.

Le nouveau fiancé de ma tante vient d'Amérique du Sud. On a été stupéfaits parce que c'est maman qui le lui a présenté.

C'est un docteur dont ma grand-mère avait entendu parler et qu'elle a obligé maman à consulter, parce qu'à son avis si elle marchait courbée c'était à cause d'un problème à la colonne vertébrale. Le docteur avait d'abord demandé à maman si elle avait eu des maladies, puis il lui avait posé des questions sur sa vie.

Elle m'a raconté qu'elle avait passé une heure qui ne ressemblait à aucune autre heure de son existence et qu'elle s'était sentie enivrée que quelqu'un s'intéresse vraiment à elle, même contre de l'argent.

Ma tante nous a dit que le docteur Salevsky avait beaucoup voyagé et qu'il était même allé au Cap Horn sur un bateau, comme médecin du bord. Alors tout de suite nous avons regardé dans les livres, et nous savons que là-bas l'aube est rouge et les phoques ont un regard très doux et il n'y a pas longtemps encore les chasseurs les tuaient à coups de bâton pour prendre leur peau. Nous savons que le fiancé de ma tante sait monter à cheval, fait de l'alpinisme, explore les grottes, pratique la course à moto et la plongée en profondeur, et nous pouvons imaginer ma tante avec ses beaux cheveux bouclés dans le vent de la pampa, ou accueillie à Buenos Aires par tous les membres de notre nouvelle famille, chaleureux comme seuls savent l'être les Sud-Américains.

Maintenant ma tante danse le tango, et quand elle vient nous voir elle nous montre les pas et nous oblige tous à lui servir de cavalier et papa dit qu'elle n'a pas de personnalité, que si son fiancé joue au tennis elle joue au tennis, s'il aime le cinéma elle ne parle plus que de cinéma. Comment elle fera maintenant, avec ce fiancé qui sait pratiquement tout faire ?

C'est la sœur cadette de maman et c'est vraiment une très jolie femme, de celles sur lesquelles tous les hommes, mais les petits garçons et les femmes aussi, se retournent dans la rue. Le plus beau compliment qu'on puisse me faire c'est qu'on se ressemble, même un peu. En fait, je suis enveloppée, tandis qu'elle, elle est plantureuse. Elle a une poitrine débordante, qu'elle montre été comme hiver parce qu'elle est toujours débraillée et ses décolletés s'ouvrent, elle a de longues jambes, une taille très fine, elle fait un mètre soixante-quinze et ses cheveux noirs font un nuage tout doux dans lequel petite je jouais des heures sans qu'elle dise rien. Voilà, si un sculpteur nous avait faites, j'aurais l'air pas finie et elle parfaitement achevée. Et si nous étions les personnages du *Vilain Petit Canard*, évidemment je serais le canard et ma tante un de ces cygnes doux et beaux qui volent bien au-dessus de la basse-cour, mais le matériau est le même et j'en suis fière.

Ma tante nous a toujours laissés lui faire n'importe quoi, mon frère et moi, elle nous donnait toujours ce qu'on voulait, mais pour moi, elle a un faible. Toute petite, elle m'emmenait quand elle allait voir ses fiancés et me présentait avec orgueil.

Je lui disais: « Pourquoi tu te maries pas toi aussi et t'aurais des enfants ? »

Et elle : « Si Dieu le veut ! »

Et moi : « Mais il le veut, Dieu ! »

Ma tante a beau être irrésistible, elle n'a jamais eu ni mari ni enfants. Je me dis quelquefois qu'elle est née pour être la maman de tout le monde et l'épouse de tous, et c'est pour ça qu'elle n'a pas de vraies choses à elle. Rien ne vaut ses beignets, ou ses pizzas, ou les devoirs qu'elle te rédige en quatre coups de cuiller à pot quand toi tu t'arraches les cheveux, ou la façon dont elle t'explique toutes les questions d'histoire auxquelles tu n'as jamais rien compris. Ma tante dit que ses fiancés, avec elle, ils couchent, ils rient, ils discutent de choses importantes mais après ils s'en vont. Et je me demande ce qui manque à l'amour, si on couche, on rit et on parle. Papa dit que si elle n'a pas de mari et pas d'enfants c'est parce que, contrairement à ce que je croyais quand j'étais petite, Dieu ne le veut pas ! Et Dieu agit avec une logique écrasante.

Le docteur Salevsky

Mais à mon avis, avec le docteur sud-américain, tout ira bien. Il a commencé à venir chez nous et ma tante dit que c'est très important qu'un homme apprécie la famille de sa fiancée. La nourriture lui plaît, les fleurs, les histoires que nous racontons, les tableaux de maman. Il voulait en acheter un, mais papa lui a dit que malheureusement il les a déjà tous vendus. Personne ne pense pourtant que maman pourrait lui plaire, fagotée et godiche comme elle est, un homme qui a des nuées de femmes qui lui bourdonnent autour, comme dit ma tante, et des préservatifs partout, dans sa voiture, sa salle à manger, sa salle de bains et, naturellement, sa chambre à coucher.

Papa dit que maman et le docteur argentin ont fondé une sorte de Société de Secours mutuel. Lui, sa famille est loin depuis des années, et même s'il les appelle tous les jours, « *Mamina! Papino!* » fait papa quand il l'imite en train de leur parler sur son portable, on voit bien qu'ils lui manquent à mourir.

Maman, c'est normal, essaie de recréer autour de lui cette famille qu'il n'a pas.

Le docteur, quand il commence à parler avec elle, oublie le temps qui passe et à l'occasion la rappelle au téléphone, et il lui dit sûrement des choses drôles, parce que quelquefois elle n'arrête pas de rire et elle sort son mouchoir et après elle lui demande s'il a déjà goûté à la *fregola sarda*[1] faite comme ci et faite comme ça, ou à la soupe de fenouil au fromage comme la fait grand-mère, et au téléphone ce ne sont que rires et recettes de cuisine, parce que alors c'est le docteur qui explique à maman comment on fait le bouillon de maïs au veau et aux patates douces. Mais après, quand il vient finalement goûter lesdits plats, tous les deux ils ne mangent rien, parce qu'ils auraient moins de temps pour parler. Leur assiette reste intacte, ça ferait le bonheur de n'importe quel restaurant, si jamais ils y allaient ensemble.

Ensemble, ils n'ont fait qu'un petit trajet dans la rue. Maman devait sortir aussi, elle lui a demandé si ça ne l'embêtait pas trop qu'elle descende avec lui. Il s'est presque mis à crier : « Et quel problème ça devrait me poser ? » Il avait compris que la question était : « Tu n'auras pas honte de moi ? »

Maman est revenue tout émue, parce que le docteur lui a demandé de l'accompagner via Manno acheter des vêtements pour lui et il lui a demandé conseil, puis ils sont entrés dans l'église de Sant' Antonio où le docteur s'est agenouillé et a prié, mais il a avoué ensuite à maman qu'il n'est pas du tout sûr que Dieu existe, et même, ce serait plutôt non que oui. Sans compter que sur la petite place de San Sepolcro, après les arcades de Sant' Antonio, il a vu toutes les inscriptions sur les murs, et il a fait le signe de croix, parce qu'il était devant un lieu sacré, et après il a dit que

1. Petites pâtes sardes de blé dur, de la taille d'un petit pois, séchées puis rôties au four, ce qui les colore et leur donne un goût de noisette. *(Toutes les notes sont de la traductrice.)*

toutes ces inscriptions, ceux qui les ont faites il les obligerait à les recouvrir avec leur propre sang, et tous les papiers sales par terre il leur ferait ramasser avec la bouche, et après, nettoyer avec la langue. D'après maman, le docteur disait ça comme ça mais il ne ferait pas de mal à une mouche, alors papa s'est énervé et n'arrêtait pas de dire: «Œil de lynx a parlé, qui voit tout et qui ne se trompe jamais. Comment feriez-vous, si votre mère n'était pas là?»

Mon frère se demande pourquoi chez nous tout le monde, à part lui, a cette manie de raconter ses foutues histoires personnelles. Pourquoi est-ce que maman n'a pas gardé sa promenade pour elle?

Le fiancé de ma tante, quand maman n'est pas là, il paraît qu'il adore manger, mais il n'est pas gros. Il est très beau, même: super dur, et très sombre. Il y a quatre générations de cela, l'arrière-grand-père de son père a émigré de Russie en Argentine et a épousé une jeune Indienne, c'est pour ça qu'il a un nom de famille bizarre pour un Sud-Américain: Salevsky. Docteur Salevsky. Maman dit que c'est comme s'il avait deux types de physionomie: celle du sauvage et celle d'un officier de la cour du tsar. Elle dit que la couleur de ses yeux c'est l'océan Atlantique et le Pacifique quand ils s'affrontent au Cap Horn, et pour elle qui n'a rien vu de tout ça, ça correspond au bleu qu'elle préfère quand elle peint. Elle dit qu'il n'est pas gros, que sa faim de nourriture c'est juste la nostalgie de son pays, et cette nostalgie-là, aucune des femmes avec qui il a vécu n'a pu la lui faire oublier.

Quand le docteur Salevsky vient déjeuner, ou dîner, on voit qu'il ne veut pas être en reste avec elle dans leur Société, et comme il sait que maman aime planter des fleurs, il lui apporte des dizaines de pots de chez le pépiniériste, dans les teintes des tubes de couleur dont elle se sert pour peindre et qu'elle lui a montrés avec enthousiasme.

Ils ne font rien de mal et aucun de nous n'irait penser qu'ils pourraient se plaire, ou plutôt que maman pourrait lui plaire, toute maigrelette et apeurée, avec ses robes à fleurs qui pendouillent en été et ses manteaux de déportée l'hiver.

Maman a dû dire au docteur qu'elle n'avait jamais voyagé. C'est vrai que papa est toujours par monts et par vaux mais jamais avec elle. Papa adore voyager seul, comme un missionnaire, même s'il est marié, et ça maman le comprend.

Un jour le fiancé de ma tante est arrivé avec un paquet très lourd noué d'un ruban aussi rouge que la tête qu'a fait maman. Elle, personne ne lui offre jamais rien parce qu'elle dit que les cadeaux la mettent dans l'embarras et ça ne lui fait aucun plaisir. Dans le paquet, il y avait ceci : *365 jours pour la Terre*, du photographe Yann Arthus-Bertrand. Chaque jour avec ce livre maman peut aller dans un endroit différent du monde. Ce livre, elle s'est bien gardée de le mettre dans la bibliothèque, à la portée de tous. Si je lui demande de voyager un peu avec elle, elle va le chercher dans un endroit secret de sa chambre et elle caresse les pages avec le même amour que Rosso Malpelo[1] quand il caressait les pantalons de son père, la seule personne à l'avoir aimé. Ses gestes quand nous

1. Personnage et titre d'une célèbre nouvelle de Giovanni Verga.

le feuilletons me rappellent ceux du temps où elle nous lisait des contes, à mon frère et moi.

Mon conte préféré de maintenant c'est une petite île de l'archipel de Sulu, sans nom, parce que ce serait impossible d'en donner un à chacune des sept mille cent îles qui forment les Philippines. Celle-ci est perdue au milieu de l'immensité bleue et très loin des autres îles, elles-mêmes très loin de notre monde. Et la photographie est prise d'en haut, si haut que le point de vue ne peut être que celui des anges. Avant de voyager dans d'autres endroits, maman et moi nous passons toujours par l'archipel de Sulu et nous caressons notre idée du bonheur.

Mauro De Cortes

Ma tante, jeune fille, aimait beaucoup le frère d'une de ses amies : Mauro De Cortes. Mais il était déjà fiancé avec une autre, qu'il a épousée ensuite. Pour la consoler, maman lui disait : « Comment pourrait-il s'intéresser à toi puisqu'il a déjà une petite amie ? » Après, Mauro s'est marié, il a eu des enfants, il s'est séparé, il a été triste, il est sorti quelquefois avec ma tante et je sais qu'ils ont même fait l'amour. Maman lui disait : « Lui et toi ça pourrait être du sérieux, mais il est tellement triste ! »

Mais après, Mauro s'est refiancé, remarié, il a eu d'autres enfants et de nouveau il s'est séparé et de toute façon, ma tante, il ne l'a jamais sérieusement prise en considération.

L'histoire dit que nous les Sardes on n'est pas des marins, qu'on s'est retirés à l'intérieur des terres par peur des Sarrasins, alors qu'on aurait très bien pu construire une flotte et les affronter au lieu de se sauver dans les montagnes.

Il suffit de regarder ma mère. Mon grand-père a beau avoir été un vrai homme de mer, elle ne va que là où elle a pied et patauge de manière pathétique sans avancer d'un pouce. Papa ne va pas à la mer avec nous. Même pas quand on était petits, alors que tous les pères y vont.

Il dit: « Vous exagérez avec cette mer de Sardaigne. C'est parce que vous n'avez jamais vu d'autres endroits. Et d'ailleurs la mer, on ira quand je le dirai !

– Et tu le diras quand ? » Il se moque parce qu'on va à la plage du Poetto avec tout notre barda de serviettes et de crèmes ou quand il y a la foule. Et en citant la Bible, il proclame qu'il n'est pas question pour lui d'aller à Sodome et Gomorrhe, avec toute cette viande humaine étalée aux buvettes. Et puis, quand il sait que nous n'y sommes pas, ni nous ni personne, par exemple si le mistral souffle à cent quatre-vingts à l'heure, ou s'il pleut, ou si c'est lundi, alors nous le voyons revenir les chaussures pleines de sable et les vêtements trempés de sel.

« Tu étais à la mer ?

– Évidemment ! » Et il vous regarde de haut en bas, d'un air détaché de snob.

Maman dit: « Peut-être qu'il a raison. Peut-être qu'aujourd'hui c'était mieux que les autres jours ! »

Mais personne n'en sait rien, puisque personne n'y était.

Avec lui non plus je ne vais jamais à la mer, mais si nous décidons que c'est l'été je l'attends couchée sur le lit en maillot de bain, et peu importe si c'est le poêle qui fait le soleil et que la mer est de l'autre côté des vitres.

« Tu dois être du genre contemplatif, me dit-il, ces gens qui regardent la mer et qui ne se baignent jamais si l'eau n'est pas chaude. »

Alors je repense à grand-père, prisonnier, qu'on obligeait toujours à prendre des douches glacées, en plein hiver, en Allemagne, et je dis que si lui, il a résisté, je peux résister aussi. Du coup, en maillot de bain, je cours pieds nus dans le couloir, je me glisse sous l'eau froide et je l'appelle, qu'il voie combien je suis forte et résistante.

Mauro De Cortes, lui, sur la mer il y va pour de bon. Il a un voilier qu'il partage avec sa fiancée, amarré au petit port de Su Siccu. Un jour que j'allais chez ma grand-mère, qui habite là tout près, je les ai rencontrés et je leur ai dit que j'aurais aimé les voir quand ils sortent du port. Les gens de mer se saluaient et disaient quelque chose sur le vent, ou sur un problème de bateau, et même s'ils étaient tous encore là, pour moi ils étaient déjà loin, dans l'infini. La fiancée de Mauro a franchi d'un bond cet « abîme horrible, immense[1] », si semblable à la mort, qui sépare le quai du liston des bateaux, elle a ôté les pare-battage, les bouts d'amarrage et elle s'est mise à la barre, tranquille et souriante, pendant que Mauro me saluait et me disait que je devrais essayer moi aussi. Et puis ils sont partis, ils étaient de plus en plus loin, et ils ont disparu. Ma tante a décidé de prendre des cours de voile, au cas où elle se fiancerait avec De Cortes. Mais la pauvre, dès qu'il y a un peu de mer elle vomit tripes et boyaux.

1. Giacomo Leopardi, « Chant nocturne d'un berger errant de l'Asie ».

Lui

Quelquefois on le fait dans sa voiture. Une de ces jeeps américaines de l'armée de Libération.

« C'est comme être dans un hélicoptère qui vole très bas, dit-il, mais tu peux regarder autour, au-dessus des toits des autres voitures, à la hauteur des réverbères. Personne ne te voit. Ils ne pensent pas à lever les yeux vers toi, qui continues à voler très bas, juste au-dessus d'eux. »

Et puis il me donne ses instructions. Il dit que si je veux qu'aucun homme ne me résiste, et donc aussi celui dont je serai amoureuse, bref, si je veux devenir un cygne, au lit je dois être une pute, ne pas raconter ma vie tout de suite et surtout apprendre que dans le monde on rencontre de tout et que je dois résister au plus grand nombre de choses possible. C'est pour ça qu'il veut que je me déshabille, lentement, comme une professionnelle, pendant que la voiture roule. C'est pour ça qu'il me fouette, ou qu'il me fait mettre à genoux pour le faire jouir et le lendemain il me croise exprès et ne me dit même pas bonjour ou bien ne m'appelle plus pendant longtemps. Je dois résister aussi aux tortures psychologiques.

En plus, il dit que je dois absolument attacher mes cheveux et maigrir et si la prochaine fois qu'on se voit j'ai encore ma mèche dans l'œil et que je n'ai pas au moins perdu un kilo, et ça il s'en rendra compte rien qu'à mes joues rebondies et à mon derrière, il me renverra sans me sauter ou il me donnera la fessée, ou il me fera sentir ce que ça veut dire des coups de brosse à cheveux.

Mais je ne dois pas m'attendrir moi non plus et je dois apprendre à lui donner des ordres. Quand on se quitte, souvent il me fait cadeau des instruments de torture dont on s'est servi, un élastique en cuir, ou une baguette japonaise, ou la brosse plate, ou bien la tenue de pute qu'il m'a apportée pour que j'enlève ces robes-chasubles que je mets. Je suis contente, et je ne préférerais pas des bonbons, ou des bagues, ou des peluches. Rien d'autre, seulement ça. Et je maigris et j'ai toujours les cheveux bien tirés et je cache mes tenues au fond de mes tiroirs, en les enveloppant dans du papier pour qu'elles gardent longtemps son odeur.

Un jour, après l'amour, il m'a donné un baiser sur le front. Il est resté comme ça, sans détacher ses lèvres et en continuant de me tenir la tête entre ses mains. En silence. Alors on a été émus.

On avait pris cent coups de fouet chacun sans ciller et voilà qu'on pleurait.

Une fois j'ai glissé, parce que c'est toujours nuit noire quand nous sortons. Je me suis fait un peu mal à une cheville, vraiment pas grand-chose. Il m'a portée sur son dos pendant toute la montée, plongée dans le maquis odorant, au chant des grillons.

Je disais: « C'est rien. C'est rien. Tu vas t'abîmer le dos. »

Mais il n'a rien voulu savoir jusqu'à ce qu'on arrive à la voiture. Alors il m'a déposée délicatement sur le siège, comme si j'étais en verre.

Il n'y a eu que ce baiser-là. Des étreintes, ou des baisers sur la bouche, ça non, je n'en ai jamais eu, et si j'essaie de lui en donner, il se dérobe aussitôt et dit que notre histoire ce n'est pas ça. Ces trucs-là, c'est pour les baveux et les chieurs.

Alors que moi j'aimerais tellement ça, les baisers sur la bouche, ça m'apporterait plus de satisfaction que les baisers sur mes pieds, ou sur mes chaussures, pour lesquelles il a une sorte de vénération.

Le Dieu de mon père

Un jour j'ai demandé à mon père, qui sait tout sur les Saintes Écritures, si à son avis le sixième commandement ça veut dire qu'il ne faut rien faire si on n'est pas marié.

Quand il comprend que tu as besoin d'être écouté, il s'assied à la table de la cuisine, allume une cigarette et allonge ses jambes jusqu'à la chaise la plus éloignée et tu vois pointer ses pieds de l'autre côté de la table, parce qu'il est très grand. Grand et dégingandé. La boule à zéro et les joues hirsutes, parce qu'il ne s'est pas rasé. Et deux yeux extraordinairement brillants, d'un vert sombre comme celui des grottes. Ses pulls, à même la peau, vu qu'il ne met jamais de chemise, lui donnent quelque chose de rude, de sauvage, un barbare, ou un homme du désert.

Pendant que tu lui dis ce que tu as à lui dire, il t'enfume et les mégots dans le cendrier deviennent une montagne.

Mais je m'en fiche d'avoir les yeux qui pleurent. Le menton sur la table, les bras serrés autour de mes genoux, je ne change même pas de position, pour ne pas perdre une virgule, comme dit ma grand-mère, et je sors de ces discussions avec des crampes partout.

La fois du sixième commandement, mon père m'a sorti une « tirade » inoubliable sur l'amour.

La rencontre sexuelle, c'est se reconnaître vraiment et tu peux tout faire, à condition que l'autre ne devienne pas pour toi un instrument. « L'acte sexuel, a-t-il dit, est une sorte d'apothéose de la rencontre. C'est l'accueil total. Et ce commandement est extrêmement poétique. Il te dit que la sexualité ouvre la porte au moment magique. Ce que Dieu te déconseille, c'est de le faire sans amour. C'est comme s'il te disait : "Souviens-toi que tu es un aigle, pourquoi devrais-tu picorer comme une poule ? Pourquoi te contenter de peu ?" »

Cette fois-là, ça a été difficile de ne pas lui lire au moins une de mes histoires, qui sont complètement interdites, surtout racontées par une fille comme il faut, et si jeune, mais qui sont des histoires d'amour, alors peut-être qu'à cause de ça elles ne sont pas vraiment désagréables à Dieu.

Mais en fait papa est toujours ailleurs, et il n'est pas trop difficile de lui cacher quelque chose.

Si on a besoin qu'il aille parler au prof, si maman invite quelqu'un à dîner, ou si elle expose ses tableaux, bref, s'il est utile de faire voir qu'il existe un père, ou un mari, il dit : « Je ne suis pas fait pour ce genre de choses ! »

Et il vaut peut-être mieux que M. Sevilla-Mendoza ne se montre pas, il charme toutes les femmes, et je serais gênée de voir toutes mes profs se pâmer, comme c'est arrivé cette seule et unique fois, en troisième, et aussi un soir, à une exposition de maman, où une « charmée » était restée suspendue aux lèvres de mon père jusqu'à ce que tout le monde soit parti et avait acheté deux tableaux sans même les regarder.

Son garage aussi est toujours très fréquenté par les femmes. Elles sont attirées à en mourir par cet homme qui, tout en réparant votre moteur, vous parle de Dieu, du mal, du bien, de ces endroits lointains où les gens meurent de faim et où il y a des araignées grandes comme ça. Mais on voit bien que ces femmes, avec lui, elles iraient n'importe où.

Je n'ai assisté à ça qu'une fois, quand ma Vespa était en panne, mais j'ai compris que la scène devait se reproduire très souvent.

M. Sevilla-Mendoza était penché sur le moteur, ses mains magnifiques aux pouvoirs de thaumaturge qui s'activaient sur la panne mystérieuse, comme celles de mon frère sur le piano. Une dame lui tournait autour et riait à chacune de ses reparties. C'est vrai qu'il est pratiquement impossible de ne pas rire aux reparties de mon père, et je suis rentrée tristement à la maison à pied en laissant ma Vespa pour ne pas rester un instant de plus.

Je savais parfaitement qu'au bout de quelque temps il demanderait à la dame la permission d'allumer une cigarette et qu'il irait s'asseoir à l'établi, avec ses pieds qui dépasseraient à l'autre bout, et quand les mégots formeraient une montagne dans le cendrier la dame penserait, et peut-être ferait comprendre, qu'avec ce barbare, avec cet homme du désert, elle irait n'importe où.

« Mais papa, toutes ces femmes, à toi, elles te plaisent ? »

Et là, il m'a expliqué quelque chose de fascinant. Il m'a dit que pour lui dans la vie une grande quantité de choses sont érotiques. Par exemple, une conversation. Il ne fallait pas que je pense qu'il faisait un tort quelconque à maman.

« C'est un peu comme apprendre à se servir aussi de la main gauche. Où est le mal ? J'expérimente des choses. »

D'ailleurs, qu'est-ce qu'il nous faut de plus ? Il travaille toute la journée et ça permet à maman de ne pas travailler. N'importe quel problème il te le tourne en comique, et ça te fait rire. Il sait raconter des histoires, il sait te convaincre que Dieu existe.

« Alors ces femmes, pour toi elles ne comptent pas. C'est seulement maman que tu aimes vraiment, ai-je conclu ce jour-là.

– Je t'ai déjà dit que pour moi tout compte. De toute façon, elle n'est jamais venue, celle avec qui j'aimerais aller en Amérique. »

Le tango

Le fiancé de ma tante fait danser le tango à maman aussi. Elle pousse toutes les chaises dans la salle à manger, mais elle trouve des tas de prétextes. Je ne sais rien faire. Je ne sais rien faire. Il faut que je mette d'autres chaussures. Je n'ai pas de chaussures. Je n'ai jamais su danser. Je ne sais pas danser. Je suis mieux là, assise. Je tombe. Vous le savez bien que je tombe. Je préfère regarder ceux qui dansent bien.

Mais le fiancé de ma tante dit que c'est facile et que tout le monde peut y arriver. Lui comme médecin il soigne le mouvement et il dit que même les grands malades arrivent à marcher, alors maman arrivera bien à danser. Il faut qu'elle pose la main sur son épaule et mette son autre main dans la sienne et se laisse guider. Légère. Elle ne sait pas où il va la mener. Elle doit lui faire confiance.

Le tango commence et maman lui donne sa main en le regardant terrorisée et elle a l'air d'avoir été trempée dans l'amidon, mais l'idée que même les grands malades peuvent y arriver l'a convaincue. Il lui sourit. Il lui sourit et il danse avec elle comme s'il savait pour les pinces à linge jaunes et les rêves de camp d'extermination. Comme s'il savait pour les vacances à l'automne et la Lune carrée. Ses pieds déplacent les siens, ses jambes ses jambes. Les pas de base, de plus en plus vite. Plus vite. Merci. Merci. Pourquoi perdre tout ce temps avec moi. Mais le docteur Salevsky est vraiment un peu spécial et à la fin tu t'abandonnes à ce désir et à cette nostalgie de la vie qu'est le tango.

Et maman croise et croise les pas, et de huit en huit elle s'en va au Cap Horn. En Amérique. Au bout du monde. Et peu importe qu'elle se prenne les pieds ou qu'elle tombe en arrière, peu importe car le fiancé de ma tante te fait comprendre que le bonheur ce n'est pas seulement pour les autres, c'est aussi pour toi, à condition que tu te lances. Cette *milonga*! Cette valse! Et dès qu'il est là, un signe et elle pousse les chaises et court enlever ses savates. Fini les cendres, maman, voici la salle de bal du Roi. Fini les vêtements qui pendouillent. *Boleo!*

Ma tante dit qu'elle préfère qu'on danse dans notre salle à manger, parce que quand elle va dans les vrais bals avec son fiancé elle a comme l'impression que toutes les femmes tissent, ou ont tissé, ou veulent tisser des relations d'amour avec lui, et qu'elles leur lancent des regards affligés, ou nostalgiques, ou prédateurs. Elles font comme si elles ne savaient pas qu'ils sont fiancés, mais il faut qu'elles s'y fassent, elles n'ont plus rien à espérer.

Maman dit à papa que s'il apprenait au moins les huit pas de base, ils pourraient être quelquefois à deux couples dans le salon. Papa lui fait un genre de turlututu chapeau pointu avec le bout du pouce sur le nez puis lui explique sérieusement que le tango ce n'est pas un truc pour lui. Qu'il fait ce qui est pour lui et pas ce qui est pour les autres.

Grand-mère nous a révélé que grand-père, quand il était dans la Marine, était le meilleur danseur de tango de tout l'équipage et qu'on avait vraiment l'impression dans ses bras de s'envoler au bout du monde. Mais c'étaient d'autres tangos alors, et il n'y avait pas de dames affligées, ou nostalgiques, ou prédatrices. Il n'y avait que grand-mère.

Le Dieu de ma mère

Maman une fois m'a confié qu'elle n'est pas si sûre que ça que Jésus est Dieu. Jésus, c'était peut-être quelqu'un d'extraordinaire, qui ressemblait à ce Dieu que nous aimerions tous éperdument. Mais c'était peut-être seulement un homme. C'est pour ça qu'elle est toujours triste à Pâques. Et quand on lui demande pourquoi elle est aussi désespérée, puisque de toute façon Jésus est Dieu et qu'il est ressuscité, elle répond qu'elle n'en est pas sûre. Que si ça se trouve il est mort, un point c'est tout.

L'église, elle n'y va jamais, et sûrement pas, dit-elle, parce que Dieu n'existe pas ou qu'elle lui en veut, ou qu'elle lui reproche quelque chose. En fait, elle pense qu'elle lui est indifférente, à Dieu, et qu'elle aille à l'église ou pas, pour Dieu c'est pareil.

Une fois j'ai demandé à mon amour si à son avis Dieu existe.

«Je ne sais pas, a-t-il répondu. J'espère pour lui que non. Sinon ce serait un imbécile, ou pire. Un Dieu qui se montre tel qu'il s'est montré ne mérite rien de nous.

– C'est peut-être nous qui ne méritons rien.

– Tant pis pour lui s'il nous a faits de pisse et de merde.

– Et toutes les choses et toutes les personnes merveilleuses qui existent?

– C'est toi qui les vois comme ça. Moi, autour de moi, je ne vois que des connards puants.»

Notre jardin

Le jardin de maman n'est pas à proprement parler un jardin mais la terrasse qui sert de toit à notre immeuble. On devait construire un appartement mais l'entrepreneur a fait faillite, juste après la guerre, et rien ne s'est fait. La copropriété y a mis les antennes de télévision et on y allait autrefois étendre le linge. Quand plus personne ne l'a fait, c'est devenu l'endroit où les gens mettaient ce qui ne servait plus mais qu'ils n'avaient pas envie de se fatiguer à jeter. Un genre de benne à ordures mais d'où on a la vue là-haut sur le palais Boyle, sur le Bastion de Saint-Rémy avec ses palmiers au vent et, plus haut encore, sur la tour de l'Éléphant. Et au sud, la mer, les bateaux, jusqu'aux monts de Capoterra, qui sont notre ultime horizon.

Jour après jour maman a essayé de lui donner une dignité. Les objets mis au rebut ont pris de nouvelles couleurs et de nouvelles fonctions. Des années et des années avant de comprendre que là-haut, où le sirocco souffle trop fort, peuvent pousser le myrte et le lentisque, que sous le banc même les violettes résistent et que les roses qui ont l'air fragile défient le soleil brûlant et le mistral, pour peu qu'elles aient un mur derrière elles. Des années et des années à respecter les heures et à tenir compte des lunes. Toute la douceur et la patience de maman, et le dépotoir là-haut est devenu un paradis de délices. Un rêve de bonheur et de beauté qu'elle préserve pour nous tous de la violence et du désordre du monde et qui nous rend plus riches. Tous les gens de l'immeuble, j'ai remarqué, quand ils ont des visites, ne manquent jamais de leur faire faire un tour là-haut, pour les étonner, compenser la frustration de vivre dans un immeuble aussi modeste. Même dans la rue, quelquefois, quelqu'un s'arrête le nez en l'air pour admirer la cascade de glycine jusqu'à la porte d'entrée.

Ce n'est pas que les fleurs de maman n'aient pas de maladies ou ne meurent pas. Beaucoup d'entre elles se sont rendues au vent qui règne en maître, ou à la température brûlante, ou aux cacas des mouettes et des pigeons. Maman pleure un peu puis elle plante autre chose dans les pots vides. C'est ainsi depuis que nous sommes tout petits. Le temps du lierre, le temps des églantines, le temps des bougainvillées: la terrasse a son histoire.

Elle, maigre comme elle est, elle monte l'escalier avec des sacs de terreau et les nouvelles boutures ou les graines, elle travaille là-haut des heures durant et redescend tourneboulée de fatigue, mais ce petit bout de monde est beau avec un tel naturel qu'il a l'air de s'être fait tout seul. Un cadeau pour tous.

Grand-mère, cette terrasse, elle l'a prise en grippe, elle se met en colère parce que maman, d'après elle, travaille pour rien, pour quelque chose qui ne lui appartient même pas. Si elle travaillait vraiment et qu'il y avait deux salaires dans la famille, nous pourrions acheter une maison neuve. Sûr qu'avec un salaire en plus on peut rembourser un crédit.

Grand-mère a raison mais j'aime tellement ça, monter voir les bateaux tout enguirlandés de fleurs qui arrivent dans le port ou qui partent sur l'eau, au son du *Clair de Lune* de Debussy que mon frère prépare au piano pour son examen.

Alors que je déteste voir qu'une plante a beau lutter, elle n'y arrivera pas et maman sera triste et ma tante aura envie de botter le cul à la glycine, au jasmin et à toutes celles qui auraient l'intention de partir.

Femmes blanches et femmes noires

«Aujourd'hui, tu dois être une femme dure, noire. Tu dois mettre cette robe en tissu rêche que je t'ai apportée. Vois comme elle est décolletée et comme elle met tes seins en valeur. J'aime tes seins lourds, qui contrastent avec ton torse de petite fille. Tu me montreras comment tes seins explosent du décolleté. Tu remonteras ta jupe. Mais moi, j'aurai les mains liées et je ne pourrai pas te toucher. Tu dois être cruelle: c'est seulement après avoir reçu cent coups de fouet que je pourrai recevoir ma récompense et te sauter.»

Pour lui, la planète est pleine de salauds. «Ce foutu fumier de...» «Cette grosse merde de...»

Mais en dépit de sa vision d'un monde abominable, il ne me rend jamais triste. En ça, il est spécial. Je suis dans une pièce avec la porte barricadée, mais c'est comme si j'étais à l'air libre. Peut-être parce que je sais que, si je suis bien ses instructions, ses règles, il ne me quittera pas. Et si j'arrive un jour à m'asseoir à table et à manger ses excréments, il jure qu'alors même vieille il m'aimera. Pour toujours.

Quand je peux le faire venir à la maison, parce que maman est partie se promener à travers la ville pendant des heures pour trouver des panoramas et me téléphone plus tard pour que je vienne la chercher en scooter, il me donne même des instructions sur comment faire la cuisine, et ce qui me plaît le plus c'est l'idée de mettre les spaghettis en éventail dans la casserole et après tu les pousses vers le milieu et comme ça ils ne collent pas.

Fini le tango

Fini le tango. Depuis que le fiancé de ma tante n'est pas revenu, maman n'arrête pas de mettre et remettre ses milongas et ses valses et de pleurer en faisant le repassage.

Ma tante en a gardé une expression sur le visage qui me rappelle celle des phoques tués à coups de bâton par les chasseurs, là-bas au Cap Horn. Et je sens l'odeur du sang. Et le froid glacial.

Il y a des gens qui croient que s'ils allaient au Cap Horn et qu'ils s'asseyaient au bout des rochers et qu'ils voyaient les deux océans qui s'affrontent, leur vie serait complètement changée. Moi je crois que tout est pareil partout.

Le Dieu de ma grand-mère

Ma grand-mère dit qu'il y a Dieu, le vrai. Et puis un autre Dieu : le Dieu de mon père.

Papa et grand-mère se désapprouvent mutuellement. Grand-mère dit qu'elle n'a jamais supporté les gens qui ne s'occupent pas de leur propre famille et prétendent sauver le monde. Ma tante, dans ces cas-là, défend papa et dit à grand-mère que Goebbels était un mari et un père affectueux, et pourtant c'était un criminel nazi, et pareil chez les mafieux, alors que Gandhi était ce que nous savons et il a abandonné sa femme.

Grand-mère demande à maman : « Ton mari était là ? », et la réponse est toujours non.

Puis elle dit à papa : « Tu ne te demandes pas ce que les autres en pensent ? Ta femme, tes enfants, toujours tout seuls. Ils vont finir par croire que tu es une invention !

– Quels autres ? lui répond mon père. C'est qui les autres ? Quelqu'un qui me téléphone et qui me dit "Allô, ici les Autres, comment ça va ?" »

Avec papa, même grand-mère ne peut pas s'empêcher de sourire et elle marmonne qu'il est vraiment fort pour noyer le poisson.

Après elle va voir mon frère et elle lui dit que s'il voulait, il pourrait faire changer papa, que beaucoup de fils ont réussi à transformer en père aimant des hommes désinvoltes et absents. Un petit garçon, le petit-fils d'une de ses amies, a fait se réconcilier ses parents séparés. Il a pleuré et supplié : « Reviens à la maison, papa ! » Alors à plus forte raison un grand garçon comme mon frère, c'est sûr qu'il aurait toute la force de persuasion nécessaire pour convaincre notre père de rencontrer les professeurs, de se montrer de temps en temps à nos amis, de faire un voyage avec sa famille dans un bel endroit au lieu d'aller toujours tout seul dans je ne sais quel coupe-gorge empli de crève-la-faim qui sentent mauvais.

Le résultat c'est que mon frère, quand grand-mère dit qu'elle vient nous voir pour discuter de choses importantes, se barricade dans sa chambre pour jouer du piano et quand on frappe à la porte il hurle : « Pas maintenant, je suis sur un passage difficile ! »

Mais quand mon père est là, il est bien là. Il joue des chansons gaies à la guitare en inventant des paroles sur une base musicale et la fois où, au lieu de « Je trace ma route », il a chanté « Je trace ma biroute », quelqu'un en est tombé de sa chaise de rire. Les invités repartent le sourire aux lèvres et s'imaginent qu'avec lui ils ont un véritable ami, mais quand ils reviennent, il n'est plus là.

Il n'y a plus que nous, les Sevilla-Mendoza, pour faire les honneurs de la maison. Maman dit que, quand même, c'est pas pareil, et que c'est mieux de ne rien organiser quand papa n'est pas là. Et vu qu'il n'est jamais là, le choix, c'est toujours rien.

Mauro De Cortes est comme la mer

Il n'y a qu'un seul homme pour lequel je n'ai jamais entendu ma tante utiliser des expressions comme « lui botter le cul » ou « il se prend pour qui ? » : Mauro De Cortes. Et j'ai compris que ce Mauro il ressemble à la mer et comme la mer il est là, naturellement et simplement. Limpide et calme, quand il fait limpide et calme, et tout aussi simplement en tempête, quand il y a de la tempête. Si tu veux nager dedans, si tu veux la regarder de loin, si tu ne veux pas en entendre parler, c'est ton problème. Elle t'accueille, mais elle peut très bien se passer de toi.

Il a tout ce qui nous manque, à nous. le naturel et la force d'exister.

Dans le monde de Mauro De Cortes, ça a du sens de faire pousser des fleurs ou d'apprendre à faire des petits gâteaux. Et surtout, on peut espérer.

À part tous ses fiancés, la vie de ma tante est triste. Quelquefois elle arrive chez nous désemparée. Elle ne critique rien de ce que maman cuisine et dit : « Je n'ai pas mangé depuis la dernière fois où j'ai trouvé quelqu'un avec qui manger. Je ne sais pas combien de jours ça fait. »

Quand elle s'en va, elle est un peu plus contente et elle dit à maman : « Merci. »

Mais le nouveau fiancé de ma tante est peut-être le bon. Quand nous l'avons invité à déjeuner, à table il lui prenait la main et faisait comprendre à tout le monde qu'ils étaient ensemble, alors que le docteur Salevsky ne l'avait jamais même effleurée devant nous. Il est sympathique et il court, si bien que ma tante va courir aussi, tôt le matin. Parce qu'elle dit que la logique, quoi que papa en pense, c'est que ceux qui font de la politique se mettent avec celles qui font de la politique, les passionnés de voile avec les passionnées de voile, les danseurs avec les danseuses, comme dans l'arche de Noé, on entre par couples, et elle alors elle ne pourrait être en couple avec personne. On ne se l'est pas dit clairement, mais je suis sûre que la pensée générale a été que cette fois Dieu le veut. Mais papa dit qu'il est évident qu'il y a quelque chose qui cloche chez ma tante, puisqu'elle n'arrive pas à rester avec ses amants plus d'une heure ou deux et qu'après le sexe, quelque bavardage amical et des commentaires sur les derniers événements mondiaux, elle sent que le moment est venu de partir, ou bien c'est eux qui le lui font comprendre : qu'elle ne doit pas rester.

Tous les jours maman dit un rosaire pour elle et regarde la position des planètes. Saturne, j'ai compris que c'était le plus dangereux, s'il est contre toi tu n'as plus qu'à prier. Et j'ai l'impression que même Dieu ne peut rien contre cette planète-là, parce qu'elle fait partie de la Création elle aussi et Dieu la laisse faire.

Tous les jours, avant de sortir avec son fiancé, ma tante appelle pour s'informer de sa situation astrologique et s'assurer que maman, rosaire en main, reste vigilante pendant qu'elle sort.

Il n'y a pas longtemps, j'ai fait un bout de chemin avec Mauro De Cortes et j'ai remarqué qu'il passe sous toutes les échelles et ne se préoccupe pas des chats noirs, pas plus qu'il ne se touche là en bas quand un enterrement passe. Je suis sûre qu'il n'hésiterait pas à se servir des pinces à linge jaunes pour sa lessive. À un moment donné, il m'a parlé d'un problème à lui dont il ne savait pas comment il allait se résoudre et je lui ai dit: « Ne t'inquiète pas, je dirai à maman et à ma tante de réciter un rosaire pour toi, ou de regarder les planètes. »

Il m'a lancé un regard mi-amusé mi-effrayé: « Surtout ne faites rien! Je me débrouille tout seul, y compris pour les prières!

– Et Saturne? j'ai répondu. S'il est négatif, comment tu fais?

– Je le descends! » Et il a regardé le ciel, pointant un fusil imaginaire.

Ma tante m'a confié qu'elle a couché avec lui même en ayant d'autres fiancés et que c'était vraiment bien. Et ce qui la touche le plus, c'est que Mauro fait l'amour comme tout le reste: avec force et naturel. Il allume une cigarette et te regarde de la tête aux pieds et toi tu te sens frissonner de désir. Et il n'a pas besoin pour s'exciter de je ne sais quelle lingerie, il te déshabille sans même remarquer ta nouvelle robe. Ou bien il te laisse tous tes vêtements sur le corps, et il te les relève simplement avant de te prendre.

Si je devais renaître et qu'avant, on me donne la possibilité de choisir avec qui me marier et avoir des enfants et passer ma vie, je choisirais Mauro De Cortes moi aussi.

Ce n'est pas qu'il soit beau ou particulièrement fascinant ou intelligent, mais Dieu l'a mieux réussi que tous ceux que je connais, et j'ai même l'impression que Mauro donne à son Créateur une satisfaction méritée. Il ne fait pas de grandes choses non plus, il travaille dans un bureau de huit heures et demie à cinq heures, mange un plat de pâtes à la cantine, rentre chez lui où il met un temps infini avant de trouver à se garer, et c'est déjà sept heures du soir. À mon avis, c'est pendant la journée qu'il donne satisfaction à Dieu, et voilà comment : il m'a raconté par exemple que le matin au lieu d'aller directement au bureau il s'arrête à Calamosca. Il laisse sa voiture et fait en courant l'avenue qui va vers la plage. Là si c'est l'hiver le jour se lève, et l'été la mer brille déjà, et il y a toujours un silence parfait. Alors Mauro va au bar de l'hôtel, prend un cappuccino avec des petits gâteaux tout juste sortis du four, écoute les infos à la radio et le bulletin météo, et ensuite il commence sa journée de travail ennuyeuse mais utile, selon lui, comme tous les métiers qui ne consistent pas à voler ou à détruire l'environnement. Ou bien, s'il décide de renoncer à son petit déjeuner, il court jusqu'au bout de la côte sur la gauche, sous la Selle du Diable. Là il y a les installations piscicoles et le panorama ressemble à la Ligurie, les agaves fleurissent sur les arêtes et la mer est limpide mais vert bouteille, avec de grands rochers qui forment un paysage de montagnes sous-marines habitées par de grands bancs de poissons.

J'ai toujours vu ceux qui courent comme de drôles d'individus qui se réveillent deux heures avant tout le monde pour faire une chose qui n'a aucun sens, mais depuis que je connais Mauro ça ne me paraît plus du tout stupide et je crois bien que moi aussi avant d'aller en classe, j'arrêterai ma Vespa en haut de l'avenue.

Ensuite, à la sortie du bureau, Mauro va voir son bateau dans le port de plaisance et fait tout ce qui est nécessaire pour que le bateau soit prêt pour le samedi et le dimanche, et s'il a des fiancées ou des amis avec qui sortir en mer, tant mieux, sinon il navigue tranquillement tout seul vers Villasimius, ou vers Chia, selon les suggestions du vent, et il est content.

Voilà : à mon avis, Dieu tire une grande satisfaction de la façon de vivre de Mauro.

Le monde est moche

Nous avons convaincu maman d'aller à l'hôpital. Elle ne mange rien. Elle plaisante et dit qu'elle fait la grève de la faim pour protester contre tout ce qu'il y a de moche dans le monde. Par exemple mon frère qui ne sait pas se défendre, ou le fiancé de ma tante, celui du jogging, qui l'a trompée avec un boudin, et ma tante a dit: « Il se prend pour qui ? Il mériterait qu'on lui botte le cul ! »

Maman dit ça d'un ton léger, pour ne pas alourdir l'atmosphère, mais en attendant elle est incapable d'avaler quoi que ce soit. Elle dit qu'elle sent une pierre là où avant elle sentait la faim. L'ex-fiancé de ma tante, le docteur sud-américain, a été très contrarié quand il a téléphoné pour prendre de nos nouvelles et que je lui ai dit pour maman. Il s'est mis en colère parce qu'il ne fallait pas l'amener à l'hôpital. Il fallait lui acheter de la viande de cheval et lui faire boire le jus et l'emmener se promener, parce qu'elle reste trop immobile à regarder le panorama et à peindre.

Il a raison, les journées de maman se déroulent comme dans les cauchemars: le matin elle fait la queue pour se laver, ensuite elle attend qu'on l'appelle pour des examens, qui malheureusement sont très douloureux, certains une véritable torture.

Quand je vais à l'hôpital je la trouve assise sur son lit refait au carré. Elle tend les jambes et pendant que nous parlons regarde ses chaussures neuves exactement dans le ton de sa robe, et sa petite valise avec ses affaires. Sa table de nuit fait l'admiration de toutes ses compagnes d'hôpital, parce que sur les leurs il y a des mouchoirs en papier, une bouteille d'eau et des magazines féminins, tandis que sur la sienne il y a un petit cartable bleu où elle range ses esquisses et sa boîte à couleurs en bois. Pour boire, elle a sa carafe de nuit ancienne en verre fin.

Lui, quand il vient chez moi, je lui montre avec orgueil les objets de maman, mais il ne les aime pas, il dit que c'est de la pacotille.

Une fois papa a dit que le seul vrai scandale c'est de faire disparaître Dieu de nos paroles et de nos actions. Dans mon histoire, il n'y a pas de scandale.

J'apprends seulement à résister. Même au désir. Il m'a fait une ceinture de chasteté avec une corde de marin. Les instructions, c'est que je dois aller au lycée comme ça.

Mes copines trouvent bizarre que je ne couche pas avec mon petit ami, alors que je suis bien mieux sans ma mèche de cheveux dans l'œil et plus mince, et quand on va tous ensemble à la pizzeria et que les amoureux s'embrassent, je reconnais que c'est difficile.

Alors je m'enferme aux toilettes et j'effleure la corde qui me lie et me tourmente. Je relève ma jupe et je regarde mes bleus. Je me dis que j'ai mon secret et ça me console.

Une fois je lui ai demandé : « Tu me traites mal parce que moi aussi je suis une connasse, une vraie merde ?

– Non. C'est parce que je t'aime bien. La meilleure preuve d'amour qu'on puisse donner à un être humain, c'est de le tuer. »

La mer en carte postale

Un jour j'ai découvert que papa vend les tableaux de maman à ses maîtresses d'un soir et les oblige à verser de l'argent pour soutenir ses causes du moment, dans le tiers-monde. Je lui ai crié : « Tu me dégoûtes ! » Mais je ne le pensais pas vraiment.

Il s'est mis à crier lui aussi : « Mais qu'est-ce que vous me voulez à la fin ? Ta mère a pu s'arrêter de travailler et se consacrer à ses nuances de couleur. Des dizaines de crève-la-faim mangent, avec l'argent de ses tableaux. Et elle s'est dit qu'en fait elle était peintre. J'ai passé des années à regarder son ciel menaçant en essayant de la faire rire. Vous ne vous êtes jamais demandé si je m'amusais, moi ? Vous vous en sortiez toujours en disant "Papa, c'est un drôle de type". Drôle de type mon cul ! »

Maman fait collection de cartes postales. Nos préférées c'est Punta Is Molentis et toute la série des plages de Chia. C'est tout près d'ici mais nous ne pouvons pas y aller parce que nous ne connaissons pas le chemin.

Nous nous demandons comment sont les genêts de la falaise ou les giroflées sauvages avec la mer à l'arrière-plan. Ou ces jaunes et ces violets, veloutés et mousseux dans le silence. Ce que ça fait de s'amarrer à un petit quai de bois et de marcher sur le sentier jusqu'au phare, avec ce faisceau de lumière qui passe et repasse sur toi comme une caresse sur une blessure.

Et toutes ces choses-là, Dieu les a faites pour nous, pour notre plaisir.

Grand-mère aurait préféré Mauro De Cortes

Ma tante a dit qu'elle ne comprend pas comment Mauro fait pour habiter dans des endroits de plus en plus pauvres et de plus en plus beaux. Car s'étant marié deux fois et ayant eu des enfants de chacune de ses femmes, chaque fois qu'il s'est séparé il a dû se restreindre un peu pour arriver à les élever le mieux possible. Et puis il a vécu avec toutes ses fiancées, et chaque fois en partant il s'est débrouillé pour leur laisser toutes ses affaires. Avec ses logements de plus en plus petits, il a l'air de plus en plus grand, et ma tante dit que ce n'est pas qu'il ait Dieu sait quoi, mais tout ce qu'il a fonctionne à la perfection : les couettes tiennent chaud l'hiver, les casseroles ont chacune leur couvercle, un couvercle avec des trous par exemple, et la nourriture qui en sort est parfaite. Elle en parle avec ravissement et maman s'empresse de tout copier, mais chez nous pas de couettes qui tiennent chaud sans coûter une fortune ni de couvercle qui, posé sur la casserole, ne dégringole quand l'eau bout. À propos de chez Mauro, ma tante a dit qu'un jour, après les commentaires sur les derniers événements mondiaux et le sexe, elle s'est endormie dans son lit en oubliant qu'il valait mieux qu'elle parte après une heure ou deux, et c'est Mauro qui a dû la réveiller et la lever de force parce qu'il devait sortir.

Grand-mère dit que Mauro n'a pas de considération pour ma tante, même si elle lui plaît beaucoup, bien sûr, parce qu'elle a trop d'aventures amoureuses et que lui, malgré ses deux femmes et ses cohabitations avec des fiancées, c'est un homme droit, autrement dit quand il fait quelque chose il le fait sérieusement, et son instabilité sentimentale à lui, elle est différente. Mais ma tante dit que ce n'est pas vrai, que Mauro ne sait quasiment rien de ses aventures, qu'elle se garde bien de lui faire des confidences ou de jouer les évaporées, et d'ailleurs elle est pratiquement toujours parfaite.

Alors grand-mère dit que les femmes de Mauro étaient trop différentes de ma tante, qui est toujours débraillée, ne va jamais chez le coiffeur, se promène avec ce nuage de cheveux incultes et s'habille comme une sauvage. Ma tante répond que ça non plus ce n'est pas vrai, parce que les rares fois où Mauro l'a invitée, elle a mis des robes d'une élégance que nous ne pouvons même pas imaginer. En plus, pour conquérir Mauro, elle a regardé dans des livres d'histoire tous les plans de guerre des grands stratèges, César, Napoléon, Koutouzov, Eisenhower, et elle les essaie tous. Elle si enthousiaste, passionnée, tenace, chaque fois terrassée par la vie et qui tou jours se relève. Mais moi je crois que pour Mauro la simplicité ce serait mieux, et qu'on doit pouvoir lui dire les choses telles qu'elles sont. La fois où nous avons fait un bout de chemin ensemble j'avais envie de lui demander: « Mais toi tu y crois, au pouvoir de la Lune carrée aux autres planètes? Et à ton avis, se servir des pinces jaunes, ça peut vraiment faire venir le désespoir ? Tu serais capable de me dire cent fois Bonne Nuit sur un ton parfait ? Tu me le montrerais, le chemin pour arriver à l'endroit des cartes postales ? »

Pour un baiser, ou même deux

«Tu dois t'habiller en noir avec une petite culotte très fine, me tenir en laisse comme un chien. Tes nichons énormes devront exploser dans le bustier noir que tu porteras. Après tu me mettras sur tes genoux et tu me donneras cent coups de baguette japonaise, et si je me plains, tu devras me taper plus fort. Tu me demanderas de te déshabiller et pour le faire je ne devrai me servir que de mes dents, comme un chien. Et malheureux, haletant comme un chien, je resterai à quatre pattes, je gémirai pendant que tu t'étends sur le lit en me montrant tout.»

Et puis, un jour, j'avais envie de faire pipi et il m'a ordonné de le faire au-dessus de lui et moi je trouvais que c'était terrible de faire ça. À une seule condition je l'aurais exécuté, cet ordre-là: s'il me laissait lui parler de mes pensées, de tout ce que je garde à l'intérieur et que je ne peux jamais dire à personne.

«Tu peux même pleurer, il m'a dit, il y a pas mal de choses que tu dois faire sortir. Les larmes et la pisse, ça se ressemble. Laisse ce que tu gardes en toi s'écouler sur moi et me noyer. Tu te sentiras mieux.»

Et ainsi s'en vont la Lune hostile et les pinces jaunes, la solitude dans les toilettes des pizzerias, le fait qu'aucun garçon ne tombe jamais amoureux de moi et que je ne sais pas si Dieu existe vraiment.

Puis il dit: « Maintenant, c'est moi qui vais me permettre de me défouler avec toi. Je te pisserai dessus et tu resteras là, étendue, la bouche ouverte. Et tu devras boire. »

Je m'étends dans la baignoire et les yeux fermés et les mains croisées, comme une morte dans la terre, je laisse la pluie me tremper tout entière, comme en automne.

Et je serai sûrement méconnaissable au printemps, avec toutes ces feuilles et ces fleurs.

De nouveau ensemble

Maman est rentrée à la maison et aujourd'hui mon frère et elle circulaient de pièce en pièce, beaux et courbés, et ils marchaient mal, comme toujours quand ils sont tristes : lui qui avait subi comme d'habitude des avanies à l'école et elle qui ne voyait pas de solution, entre subir ou abîmer ces mains magnifiques. Moi aussi j'avais une pointe de douleur au cœur.

Il y a longtemps qu'il ne m'a pas téléphoné.

Papa nous a regardés tous les trois et a dit : « Alors, dites-moi ce qui ne va pas. Faisons-nous une belle séance de branlette collective ! »

Maman a ri de son rire argentin quand papa fait attention à elle.

« Dites-moi tout », a-t-il continué. Et il s'est allumé une cigarette.

Mais comment on fait pour dire ? Moi, en tout cas, je ne dis rien. D'après papa, nous avons trop honte de nous exprimer. Parler, c'est un peu comme pisser ou chier. On se défoule. Quel mal à ça ? Dieu nous a créés avec la pisse et la merde, et nous sommes beaux quand même. Quelquefois je me dis que j'aimerais bien faire lire mes histoires à mon père, mais peut-être que ce serait plus facile avec Mauro De Cortes, s'il devenait mon oncle un jour.

Quand maman était jeune, grand-mère lui recommandait de ne pas rentrer après l'heure fixée.

« J'ai trop attendu dans ma vie, disait-elle, ton père pendant toute la guerre, et après, le mariage qui ne venait jamais, et après une maison entièrement à nous. Je ne peux plus attendre. »

Si bien que maman était obligée de téléphoner à grand-mère de tous les endroits où elle était. Par exemple : « Je suis chez Martina et là on va chez Gianluigi. Ça nous prendra vingt minutes. »

Et ensuite de chez Gianluigi : « Maintenant on est chez Gianluigi avec Martina et on va aller chez Carlotta. Ça nous prendra un quart d'heure. »

Elle était obéissante et quand dans une famille quelqu'un occupait le téléphone, en ce temps-là il n'y avait pas les portables, la pauvre en tremblait d'angoisse et rentrait à la maison en courant.

Malgré toute sa bonne volonté, elle était quelquefois en retard, et alors grand-mère appelait la police, les carabiniers et les hôpitaux. Une fois même la morgue, où elle trouva un type sympathique qui lui répondit :

« Non, votre fille n'est pas là. Mais dès qu'elle arrive, si vous me laissez votre numéro, madame, je vous appelle immédiatement ! »

Tout ça, papa nous le raconte pour nous faire rire, et d'autres choses encore de maman quand elle était jeune, comme par exemple qu'elle n'avait aucun sens de l'orientation, et quand elle se perdait c'était lui qu'elle appelait, pour ne pas inquiéter ses parents.

« T'es où, beauté ? Je vais t'expliquer le chemin que tu dois prendre.

– Mais je ne sais pas où je me trouve.

– Regarde le nom de la rue, beauté.

– Il n'y en a pas.

– Mon cul, beauté ! Décris-moi ce que tu vois autour de toi. »

Papa dit que maman était si phénoménale pour les descriptions qu'il reconnaissait aussitôt le quartier où elle s'était perdue, et de cabine téléphonique en cabine téléphonique il la guidait vers le salut.

Ils ont été amis très longtemps et c'est comme ça qu'ils se sont fiancés.

Un jour mon père devait partir. Il fit quelque chose qu'il n'avait jamais fait : téléphoner à maman pour lui dire au revoir. À la fin de leur brève conversation, pendant laquelle il lui avait dit où il allait et comment et pourquoi, il prit congé avec un « Au revoir, chérie ».

Maman répondit : « Je t'aime. »

Une fois, à table avec des amis, mon père a dit : « Va savoir pourquoi on se marie. Au fond, on pourrait se marier avec n'importe qui. Ou avec personne. »

« Il est où papa ? »

« Il est où mon gendre ? »

« Il est où mon beau-frère ? »

« Il est où mon pote ? »

On demande après lui et il n'est pas là. Papa dit que nous avons une fausse idée de la stabilité. Que la stabilité pour nous c'est rester sans bouger. Alors qu'être stable c'est être stable dans le mouvement. Comme la Terre, moi j'ai toujours pensé que si elle ne tournait pas elle se désintégrerait, et que tous on tomberait. Papa dit que si on lui proposait quelque chose de bien à l'autre bout du monde, il n'aurait aucun mal à éteindre la lumière, descendre le rideau du garage et partir.

Je comprends maintenant pourquoi, quand on était petits et que maman sortait avec nous, elle avait toujours le sourire en arrivant près de la maison et semblait libérée d'un poids quand la lumière là-haut était allumée. Elle disait: « Papa est là. »

Et moi je croyais qu'elle était contente que papa soit déjà là. Arrivé avant nous. Alors que c'était parce que papa était encore là.

J'aime bien la façon dont, à l'automne ou au printemps, le soleil éclaire la collection de cartes postales de maman. J'aime sa lumière sur les vagues écumantes, ou le sable blanc, ou l'azur de la carte qui brille. Mon frère et moi nous pouvons parler à maman quand nous voulons, même quand elle peint. Pour nous, elle a toujours abandonné ce qu'elle était en train de faire. Mon frère entre et lui dit qu'il a horreur de la Sardaigne et qu'il veut s'en aller. Moi je me pelotonne sur le grand lit et je reste là. C'est fou, mais je me sens protégée par cette créature si fragile et par toute cette pacotille.

« Un jour, peut-être que ces endroits-là on réussira à y aller avec ma Vespa, je lui dis en montrant les merveilles sur la carte.

– Demande à quelqu'un s'il connaît le chemin ! » répond-elle, déjà enthousiaste.

À nouveau maman se punit de ne plus travailler en ne mangeant pas. Et moins elle mange, plus elle égare de l'argent, ou des objets, ou elle fait des bêtises. Et plus elle en fait, plus elle se punit en ne mangeant pas.

Elle arrivera, la troisième neige?

Maman dit que le vrai fiancé de ma tante ce sera comme cette neige qui n'arrive jamais dans cette poésie qu'elle nous lisait à Noël quand on était petits. Venait la neige mêlée de pluie et elle fondait, venait une neige tourbillonnante et elle se transformait en boue, et quand tous désormais avaient perdu espoir, voilà qu'arrivait tout à coup la neige, la vraie, « timide et fastueuse, drue et sûre d'elle[1] ». Le fiancé de ma tante arrivera comme ça, tout à coup, et nous n'aurons aucun doute et nous le reconnaîtrons.

Enfin il m'a téléphoné.

«J'essaie de rafistoler cette saloperie de mariage, a-t-il dit.

– C'est juste.» J'ai pris un ton ferme et convaincu: « On ne construit pas son bonheur sur le malheur des autres. »

Ça, même le Dieu de mon père ne le supporterait pas.

Maman est de nouveau à l'hôpital et quand je suis allée la voir le ciel était éclatant, mais je n'en avais rien à faire.

1. Evgueni Evtouchenko, *La Troisième Neige.*

Elle était là à attendre, comme toujours, toute bien mise sur son lit refait au carré. Pour ne pas lui laisser deviner que j'allais mal, je me suis mise à regarder par la fenêtre.

« Comment tu vas ? a-t-elle demandé.

– Bien. » Mais je ne me suis pas retournée parce que je pleurais.

« Pourquoi tu pleures ? »

Alors j'ai fait volte-face et je l'ai enlacée en sanglotant.

« Cet homme, là, l'homme de tes histoires, il n'a plus donné signe de vie ? Excuse-moi de les avoir lues, je les ai trouvées un jour où je voulais mettre un peu d'ordre dans ton armoire. Et je sais aussi pour les tableaux. Papa un jour a parlé tellement fort au téléphone... C'est que vous vous imaginez toujours que je ne m'aperçois de rien. »

Quand je suis partie, il était très tard. Ma mère avait donc fouillé dans mes placards, elle qui ne voulait jamais rien savoir de peur que la vérité soit moche. Et elle était moche, en effet. C'était peut-être pour ça qu'elle ne voulait plus manger. J'ai demandé au Dieu de mon père, de ma mère, au Dieu de ma grand-mère, toujours en pleurant, la raison de tout ce mal que nous nous faisons inévitablement les uns aux autres, même à ceux que nous aimons le plus.

« Il s'agit seulement de résister, me suis-je dit, de s'habituer à manger de la merde, parce que c'est comme dans les camps d'extermination, il y a toujours quelqu'un qui s'en sort. »

Juste au moment où maman est à l'hôpital, le syndic a convoqué les occupants de l'immeuble et leur a annoncé qu'il avait obtenu l'autorisation de surélever. Un appartement à la place du jardin et un peu d'argent pour tout le monde.

Sur neuf voix, il y en a eu sept pour le nouvel appartement et deux contre, la mienne, évidemment, et celle de la dame qui sera en dessous. Les autres ont dit que ça ne changera rien, qu'on se répartira les jarres et les pots, les auvents, les rideaux, les treillis, et on les mettra sur les balcons, ce sera joli aussi et en plus, on aura de l'argent. C'est bien dommage pour la dame qui s'était donné tant de peine, mais dans la vie il faut avoir aussi du sens pratique.

Voler

C'était une période où maman allait bien et mangeait. Elle avait l'air gai et semblait plus forte.

La seule chose, c'est qu'elle étendait ses affaires uniquement avec des pinces en bois auxquelles je n'arrivais à donner aucune signification et qu'elle n'entrait plus dans la chambre de mon frère pour lui apporter des oranges pressées quand il jouait du piano. Quelquefois elle ne mangeait pas avec nous mais nous laissait un mot sur la table de la cuisine où tout était préparé.

« Je suis très fatiguée, je vais me reposer, ne vous en faites pas pour moi, j'ai déjà mangé. »

Papa, quand il était là, entrait dans sa chambre et lui disait des blagues tout bas. Il savait que si elle faisait semblant de dormir elle éclaterait de rire. Mais elle ne riait pas. Même quand il lui chuchotait « Crontch crontch crontch crontch crontch crontch crontch crontch » ou qu'il lui chantait « Je trace ma biroute ».

Elle dormait vraiment.

Puis un jour elle a décidé de partir, en suivant son idée de la beauté. Depuis quelque temps elle disait qu'elle n'aimait pas les montants de l'auvent sur la terrasse, qu'ils étaient en train de rouiller et qu'il fallait les repeindre.

Alors, à mon avis, un matin, elle a organisé sa mise en scène. Elle a acheté de la peinture et de l'antirouille et elle s'est envolée le pinceau à la main. Pour tout le monde, il est évident qu'elle a eu un vertige et qu'elle a perdu l'équilibre. Mais pourquoi a-t-elle mis sa robe préférée ? Pourquoi avait-elle les cheveux fraîchement lavés et parfumés et tout était en ordre dans la maison ? Elle ne voulait pas que notre famille fasse mauvaise impression ?

Et puis elle s'était toujours étrangement intéressée aux suicides ni vu ni connu. Elle avait entendu dire un jour qu'on pouvait mourir en râpant une noix de muscade entière dans un plat et elle avait dit que c'était une belle façon, que tout le monde penserait que le suicidé était très gourmand et qu'il aimait les saveurs fortes et avait exagéré. Une autre belle idée, mais pour l'automne, c'était de se faire cuire un champignon vénéneux après avoir fait semblant de se passionner énormément pour la cueillette. L'été, celui qui voulait mourir sans laisser aux autres le fardeau des remords pouvait tout simplement s'éloigner dans la mer, et ne plus revenir.

Moi je sais qu'elle n'aurait jamais fait des travaux de ce genre à une heure pareille. C'était un après-midi de la fin du printemps, chaud et laiteux, avec un soleil qui n'arrivait pas à briller. Maman, nous l'avons vue en bas, dans une des cours abandonnées où personne ne va jamais et où les gens mettent les choses à jeter. Elle était belle dans sa robe à fleurs, avec sa tresse de cheveux encore blonds de jeune fille et son petit bras maigre qui s'était retrouvé sous sa tête comme si elle dormait.

Je sais qu'elle est partie sans désespoir, ni colère. Je sais que les derniers temps elle avait semblé forte parce qu'elle savait que ce serait bientôt fini. Simplement, elle a compris qu'elle était de celles qui ne s'en sortiraient jamais et elle s'est enfuie de la vie comme elle se sauvait du cinéma quand les scènes étaient trop dures pour elle.

Papa est descendu lentement, sans dire un mot. Il l'a prise dans ses bras et l'a remontée. Il n'a plus jamais rien dit. Il n'a plus voulu nous écouter. Il restait souvent là, devant la montagne de mégots, tout seul, à essayer des morceaux tristes à la guitare, avec ses mains magnifiques.

Et puis, un jour, la lumière était éteinte, c'était parce qu'il était parti.

À la cérémonie funèbre pour maman, le docteur Salevsky a envoyé plein de fleurs, toutes celles qu'elle préférait. Et c'étaient les seules, parce que aucun de nous n'était capable de penser et d'organiser quelque chose.

Le prêtre lui a même permis de faire venir deux musiciens qui ont joué un tango plein de nostalgie et de beauté sur lequel maman pleurait quand elle faisait du repassage. Alors j'ai compris qu'il avait décidé de ne plus revoir ma tante parce qu'il était tombé amoureux de maman et que danser le tango avec elle était un désir de bonheur déchirant et impossible.

En rangeant les armoires, j'ai trouvé *365 jours pour la Terre* caché sous les chemises de nuit de maman. J'ai enlevé le ruban rouge et j'ai vu qu'à l'intérieur du papier cadeau il y avait quelque chose d'écrit.

« Ma petite étoile, je t'offre ce livre parce que je veux partager avec toi, qui n'as jamais voyagé, tous les endroits que j'ai vus dans ma vie et tous ceux que je voudrais voir. Si je ne t'offrais pas ce livre, je me moquerais bien de tous ces endroits. Alors qu'ils réussissent à devenir de beaux souvenirs parce que toi aussi maintenant tu les vois, et ils peuvent m'intriguer, parce que maintenant ils t'intriguent aussi. Ma douceur. Mon trésor. Mon amie. Ma petite fille que je n'ai jamais eue et à qui, par une étrange coïncidence, j'aurais donné le même prénom que le tien. Chaque fois que tu parles avec moi de ta vie, j'ai l'impression de vivre la même vie que toi. Chaque fois que tu danses avec moi, j'ai l'impression ensuite d'avoir ta peau et non plus la mienne. Je regrette que l'amour ne soit pas seulement une question de phéromones, parce que alors je pourrais prendre simplement une douche, et tu partirais. Mais tu ne t'en vas pas. Je peux te l'assurer, tu ne t'en vas pas, même si tu crois n'être rien pour personne parce que tu ne danses pas, tu ne montes pas à cheval, tu n'escalades pas les montagnes, tu ne sais pas nager et tu n'es pas tout à fait canon. Excuse-moi si je ne m'exprime pas bien en italien: qu'est-ce que ça peut fiche? Dans ma vie, j'ai fait de la plongée en profondeur, dans l'obscurité des grottes, j'ai monté des chevaux, j'ai été médecin du bord sur des navires qui allaient au bout du monde, j'ai connu beaucoup de femmes et quelques-unes étaient vraiment canon. Mais si le Père éternel m'avait demandé de choisir, avant de naître, ce que je préférais, et s'il t'avait montrée à moi, de mon point de vue angélique d'alors, en train d'étendre le linge sur ton balcon, fagotée dans tes robes à fleurs (mais très jolie, je t'assure), c'est toi que j'aurais choisie. Sauf qu'il ne me l'a pas demandé. Et me voilà maintenant ici qui, au lieu de sauter une quelconque nana ou de me masturber en regardant une photo dans *Playboy*, le fais en pensant à comment ce serait, si je pouvais t'avoir nue et douce dans mon lit, au moins une fois. Et là, me contenter de te sauter me semblerait un crime. Je voudrais te faire voyager, escalader les montagnes et t'emmener plonger, et tout ça entre mes draps.

«Quand tu es venue me consulter, cette première fois, et que nous sommes tout de suite devenus amis, je n'aurais pas dû te laisser partir. Ou je n'aurais pas dû venir avec toi, mais tu étais si contente de pouvoir présenter un fiancé à ta sœur et si fière que quelque chose de bien pour ceux que tu aimes revienne à ton mérite, que je t'ai laissée faire. Mais c'était ton intensité particulière que je voulais, tes yeux et tes lèvres et tes seins qu'on voit dans la robe à fleurs, celle qui est décolletée.»

Après, il y avait la signature du docteur Salevsky.

J'étais incapable de lâcher le livre, et dans mon émotion j'ai cherché notre petite île de l'archipel de Sulu. J'y ai trouvé une feuille avec la même écriture.

«Ma petite fille à qui je dirais "Bonne nuit" mille fois sur le ton qu'elle désire le plus, pourquoi dis-tu que j'utilise le mot amour à la légère? Je n'utilise aucun mot à la légère. Je sais que tu m'aimes, et que ce n'est pas non plus à la légère, et je suis beau parleur. Je pourrais te circonvenir avec mes paroles, même si mon italien n'est pas parfait. Avec mes paroles, je pourrais empoisonner ton monde et t'emmener avec moi. Je pourrais te faire voir ce que tu ne vois pas, par exemple un avenir impossible sans moi. Et auprès de toi mes paroles couleraient à flots, faciles, justes, sans effort. Avec mes paroles je pourrais t'emmener avec moi, mais je me tais.

«Je ne peux pas risquer de te faire du mal. Mais ma condamnation est de ne pas savoir quel est ce mal. T'enlever ou te laisser ici?

«Par contre je parlerai à ta sœur, et mes paroles alors seront soigneusement étudiées, elles devront atteindre leur but: un flot de conneries. Pauvre petite, je l'aime bien. Il faudra que je lui dise que c'est dans ma nature, que j'aime toutes les femmes et aucune, que les voyages sont ma vie et que je suis incapable de rester quelque part, que je suis fait pour vivre seul.

«Alors qu'avec toi j'étais bien, tu me tenais compagnie. Tu es en moi, je peux t'emmener n'importe où. Je ne t'ai jamais parlé pour te convaincre de quelque chose et je ne veux pas le faire maintenant. Je te parlais pour le plaisir de te parler et c'était une façon de t'écouter. Nous étions faits l'un pour l'autre. Je crois que c'est ça l'amour, et je ne le dis pas à la légère. Sauf que je ne sais pas ce que je dois faire. Ce que j'ai analysé toute ma vie, mes aventures, les risques, les femmes, ne suffit pas à m'éclaircir les idées: autrement dit, est-ce que je dois t'emmener avec moi, ou pas.»

Depuis que maman est morte, un été et un hiver se sont écoulés. Finalement, j'ai trouvé la plage de Punta Is Molentis. Une mince bande de sable interrompue par des rochers qui ressemblent un peu à nos *mamutones*[1] et un peu aux chevaliers de la Table ronde. Où la terre remplace le sable et les genêts embaument. Un endroit magique, turquoise. Les mouettes

1. Gros masques en bois du carnaval traditionnel en Sardaigne, dont l'origine remonte à la nuit des temps.

dorment sur l'eau et ça paraît incroyable, tellement elles sont tranquilles. Et tout aussi incroyable me paraît l'absence de vent dans la baie, quand de l'autre côté du promontoire le mistral souffle en tempête. Je suis arrivée enfin au paradis, et je n'en ai rien à faire, sale et ensanglantée comme je suis. Il m'a demandé de le faire encore une fois, une seule, avant de rompre, et en échange je lui ai demandé de m'emmener à l'endroit de la carte postale.

Un jour où il était venu à la maison et qu'il n'y avait personne, je la lui avais montrée et il m'avait dit qu'il connaissait le chemin, et même qu'il y allait souvent mais qu'il ne pouvait pas y aller avec moi. Et maintenant, j'étais heureuse.

Sauf qu'il s'est passé quelque chose, je ne sais pas, je ne me souviens de rien, quelqu'un venait, et j'étais incapable de me sauver. Et je n'arrivais même pas à suivre ses instructions: plonger dans la mer, le rejoindre. Je me souviens qu'il m'a dit de l'attendre dans cette grotte, de l'appeler sur son portable dès que les gens seraient partis et qu'il arriverait aussitôt.

Mais après, je ne sais pas pourquoi, je me mets à penser à ce que Mauro m'a dit quand il était venu nous voir après la mort de maman. En fait, il venait voir la petite boîte avec ses cendres, parce que maman n'a pas de tombe. Elle avait peur de rester enfermée dans le noir sans air, et elle nous disait toujours de la mettre, si par hasard elle mourait, dans une petite boîte, et de la laisser chez elle, avec nous, près d'une fenêtre avec un panorama et toutes les nuances de couleur.

Alors Mauro s'était assis et avait fixé la petite boîte en silence, et je lui avais dit: «C'est moche la vie,

Mauro. » Et il avait répondu que la vie ce n'est ni beau ni moche, c'est simplement quelque chose qu'une fois nés nous devons faire. « Alors faisons-le ! »

Mauro a compris que pour maman ce n'était pas un accident.

Et cette pensée qui me vient à ce moment-là, à propos de Mauro, de ce qu'il a dit, de toutes ces fois où il s'est marié et remarié, et que pour élever ses enfants ou ne pas contrarier ses fiancées il leur a laissé le logement plus grand pour en prendre un plus petit, de plus en plus petit, et lui qui a l'air de plus en plus grand, cette pensée-là en entraîne soudain une autre...

Alors je prends mon portable dans ma poche, et au lieu de l'appeler lui, je demande de l'aide à Mauro. Je lui dis seulement le nom de l'endroit et il arrive très vite, avec un jerrycan d'eau, du shampoing, des serviettes de bain, de l'eau oxygénée et une de ses chemises, parce que j'ai réussi à enlever seulement le plus gros dans la mer. J'éprouve une honte infinie mais je me sens déjà moins mal quand nous commençons à parler, pendant qu'il m'aide.

« Ça te plaît vraiment, de faire l'amour de cette façon ?

– Je le faisais parce que je l'aimais. Et lui aussi il m'aimait.

– Il l'a amplement démontré aujourd'hui, je dirais qu'on peut même le toucher du doigt ! »

Et malgré le tragique du moment, j'ai envie de rire.

« J'étais heureuse, parce que si je suivais toutes ses instructions, alors nous deux ça durerait toujours, même quand je serais devenue vieille et flétrie.

– Être torturé pour toujours : tu parles d'une veine. C'est pas plutôt l'enfer, ça ? »

De nouveau j'éclate de rire, parce que quand Mauro est là tout me paraît facile et clair et peut-être aussi un peu rigolo.

« Et un vrai amour ? Ça ne te plairait pas ?

– Bien sûr. Mais ce n'est pas possible. Pour personne dans ma famille ça n'a été possible.

– Tu pourrais essayer de le chercher. Et même, de l'exiger. Fini les miettes et les tortures. Exige un vrai amour. »

Et quand nous rentrons, dans la nuit, je me sens toute fraîche et parfumée et je trouve Mauro tellement sympathique que je lui parle même de la couleur des pinces à linge.

« Pourquoi tu n'achètes pas des pinces en bois ? me demande-t-il.

– Parce que le bois c'est le matériau dans lequel on fait les cercueils et la petite boîte de maman. »

Et c'est Mauro qui éclate de rire maintenant et s'excuse en disant qu'il n'est pas du genre à rire pour un rien, mais là, impossible de résister.

« Ne renonce pas à ta dignité, petite, ne te brade plus jamais comme ça, et surtout pas pour un foutu chemin que tout le monde connaît. Tu es précieuse. Nous sommes tous précieux. Tu mérites un amour où l'autre aurait envie d'aller voir des endroits avec toi sans pour autant te torturer. Promets-moi de chercher un amour comme ça et de ne pas accepter les autres », me dit-il en me quittant.

Et je me mets à penser que dans la vie il n'y a pas comme seule possibilité de se laisser engloutir par la merde, ou d'y engloutir les autres, ou de mourir. Il y a aussi la façon de Mauro. Et j'ai envie de courir voir ma tante et voir mon frère pour leur dire ça, qu'il y a aussi cette façon-là.

Le bonheur

Mauro De Cortes est la meilleure personne que je connaisse au monde, mais il se tient loin de nous comme un horizon marin. Chaque fois que nous l'invitons il répond: «Merci, mais je suis déjà pris.» Il escaladerait une montagne si nous étions en danger, mais jamais il ne viendrait dîner, ou au cinéma, ou à la plage.

Ma tante me fait beaucoup de peine, même si elle est une poupée de beurre avec des boucles qui explose de santé et qu'elle ne rentre jamais chez elle sans qu'un homme lui ait fait la cour. Elle me fait de la peine parce qu'il n'y a jamais dans sa vie plus de trois heures avec un homme, ni une nuit, ou une balade, encore moins un voyage. Elle sait que certaines choses existent parce qu'elle les a vues dans des films, ou entendues dans des chansons, ou qu'on les lui a racontées.

Papa avait raison: Dieu ne le veut pas, pour ma tante.

Ou bien c'est grand-mère qui a raison: c'est elle qui ne le veut pas. Parce qu'elle a toujours été trop exubérante, rebelle, au lycée elle se faisait renvoyer et on appelait nos grands-parents pour leur dire que leur fille se croyait toujours au bord d'une piscine et ne venait en classe que pour amuser ses camarades avec ses pitreries. Et peut-être que grand-mère a raison, parce que ma tante se lasse vite de tout, en particulier de ses amants.

Moi, elle me dit que ce n'est pas qu'elle se lasse de ses amants, c'est qu'elle a peur qu'ils se lassent d'elle, alors elle s'efforce de donner le meilleur d'elle-même. Et c'est vrai qu'au bout de deux ou trois heures ses amants lui disent de partir, mais c'est vrai aussi qu'elle serait incapable de tenir plus longtemps, à cause de la fatigue. Sauf la fois chez Mauro De Cortes où elle s'était endormie et qu'elle avait l'impression d'être bercée par les vagues.

Avec ma tante pourtant on ne s'embête pas. Quand elle vient chez nous, nous ne voulons plus la laisser partir, et pas seulement depuis que nos parents ne sont plus là, depuis toujours. Elle nous fait rire quand elle imite les cris des animaux, ou qu'elle nous fait la cafetière qui bout ou la machine à laver dans toutes les phases du lavage, ou le débarquement en Normandie sur le carrelage inondé. Ou simplement quand elle rit à des films qu'elle trouve comiques, pendant que tu te demandes: « Mais qu'est-ce qui la fait rire ? », et tu te rends compte que tu ris parce qu'elle rit.

Quand maman disait que ma tante était drôle, papa répondait qu'être drôle ce n'est pas faire des farces puériles, d'ailleurs toujours les mêmes, ou s'amuser de celles des autres. Maman, à son avis, avec humilité et une grande honnêteté intellectuelle, elle l'était, elle, et sans même le vouloir.

À l'évidence, ma tante a un nouveau soupirant. C'est un magistrat et elle le croit autrichien, malgré son nom sarde, à cause d'un je-ne-sais-quoi d'hivernal et de raide dans sa physionomie et dans ses manières, au point qu'elle ne sait même plus s'il lui fait la cour. Elle l'a rencontré parce qu'elle avait besoin d'un renseignement sur un point de droit pénal pour ses recherches en histoire et on lui a dit qu'il était le plus grand expert sur la question.

Le juge lui a proposé de prendre un café ensemble, un de ces jours, dix minutes, au bar sous la tour de l'Éléphant avec ce panorama magnifique, et tout en parlant il l'observait avec un extrême intérêt. Ma tante a eu l'impression que c'était un certain genre d'intérêt, quoique ce n'est pas dit.

Moi je me demande quel homme, même raide, juge et peut-être autrichien, peut résister aux jambes longuissimes de ma tante, à ses jupes courtes et légères, à sa taille fine, à sa vaste et turgescente poitrine de beurre que laisse voir aisément le désordre de ses mouvements, ou ses pulls trop fins et ses chemisiers mal boutonnés. Et puis, quand ma tante discute, sans le faire exprès puisqu'elle le fait aussi avec nous, elle se penche, elle s'agite et ses vêtements s'entrouvrent. À mon avis, aucun homme ne peut résister à cette jolie poupée de beurre ébouriffée avec ses boucles qui lui retombent devant les yeux et ses seins fermes et doux et blancs aux mamelons si sensibles, on voulait toujours les pincer, ou les effleurer, au moins, quand on était petits, ces friandises fabuleuses de massepain, de glace et de chantilly. C'est évident, le juge en est resté saisi.

Les dix minutes un de ces jours pour un café, m'a raconté ma tante, n'ont pas été dix minutes mais beaucoup plus. Sans compter que le juge n'est pas arrivé au rendez-vous dans une élégante voiture bleue, comme elle s'y attendait, mais sur un scooter où il lui a dit de monter en lui tendant un casque qu'il avait apporté pour elle. Ma tante avait toujours vu dans la rue des couples en deux-roues, mais jamais elle n'était montée là-dessus, et elle m'a raconté qu'elle avait l'impression d'être de l'autre côté du monde et que c'était très bizarre, parce que c'était bien elle, mais c'était surtout comme un souvenir. Sans compter que sur un scooter pas besoin de parler pour remplir les vides, le mieux c'est de se taire pour ne pas distraire celui qui conduit et d'admirer le paysage la joue contre son épaule. Je lui avais souvent proposé de l'emmener sur ma Vespa mais elle n'avait jamais voulu y monter, et de toute façon c'est comme les histoires drôles, ça ne sert à rien de les expliquer.

Après, sous la tour de l'Éléphant, devant un café, ma tante a commencé à lui dire ce qu'elle cherchait et à disserter sur certains événements historiques pour faire bonne impression, mais le juge l'a arrêtée en lui disant que son seul hobby quand il avait le temps c'était de lire des livres d'histoire et qu'il connaissait très bien ces questions. Autrement dit: garde ta salive, tu te fatigues pour rien.

Alors elle est restée tranquille, elle a écouté ce qu'il y avait à écouter, elle a ri et l'a fait rire parce que ce type-là fait des plaisanteries sophistiquées, mais ce qui est bien avec ma tante c'est qu'elle a le rire facile et elle n'a pas besoin de toute cette sophistication pour s'amuser.

Il y a même eu, entre un sujet de recherche et un autre, quelques confidences, par exemple que le juge a cessé de se rouler des joints et qu'il a eu un nombre incalculable d'histoires d'amour, qui toutes ont tourné en eau de boudin, et il n'a jamais compris pourquoi, vu qu'il donnait le meilleur de lui-même.

Alors ma tante s'est lancée et lui a avoué qu'elle aussi a eu des centaines de relations qui toutes ont tourné en eau de boudin, et elle non plus n'a jamais compris pourquoi, vu qu'elle donnait le meilleur d'elle-même.

Brusquement, elle s'est levée de sa chaise et s'est assise près de lui pour lui proposer ce que papa appelait une de ses absurdes cérémonies puériles : un pacte selon lequel la prochaine personne qu'ils aimeraient, ils lui donneraient le pire d'eux-mêmes, en exigeant que l'autre fasse pareil.

Puis elle est allée se rasseoir à sa place et s'est mise à écrire le pacte sur une petite serviette en papier. Plus d'amour sauf si l'autre résiste et que nous résistons ! Ils se sont creusé la cervelle pour trouver s'il y avait dans l'histoire un pacte qui ressemblait à ça, mais aucun ne leur est venu à l'esprit.

Quand le juge l'a fait remonter en scooter en promettant qu'il se pencherait sur son sujet de recherche, la nuit était tombée.

Moi j'imagine la neige sur les montagnes d'Autriche, une neige qui cache la beauté de ce qu'on verra au dégel, mais je sais qu'elle est là, dessous. J'imagine tous les animaux que ma tante sait imiter, qui dorment en ce moment, là-haut dans la forêt, mais qui pousseront leur cri au réveil. J'imagine un château enchanté où règnent l'immobilité et la mort, mais où les cafetières recommenceront à bouillir et les machines à laver referont toutes leurs phases de lavage. J'imagine ma tante qui danse la première valse de sa vie sans se lasser et sans lasser l'autre.

Ma tante devient une épouse

Dru et sûr de lui, comme disait la poésie de maman, l'amour arriva, et chacun put aisément le reconnaître. Il n'y a pas de raison précise à ça. Par le plus grand des hasards, la mystérieuse force qui fait marcher le monde s'était manifestée devant une tasse de café.

Après ce café, plus rien ne fut pareil pour ma tante. Ses autres relations n'avaient pas changé sa vie. À présent, elle allait souvent chez le juge, qui ne lui faisait jamais sentir que c'était le moment de partir. Elle lui préparait des sauces pour les pâtes, qu'elle lui laissait dans le frigo, pour qu'il ne mange pas n'importe quoi quand il était pressé. Elle appelait son amour d'un diminutif, comme on fait en famille. Elle lui téléphonait chaque fois qu'elle en avait envie sans se demander s'il fallait ou pas, et il faisait pareil et souvent c'était juste pour des bêtises qui les faisaient rire. Ma tante, qui n'avait jamais accepté de monter avec moi, s'acheta même un pantalon pour aller en scooter, parce que le juge disait qu'il ne se sentait pas bien s'il ne commençait pas sa journée sur deux roues. Il aimait avoir ses bras autour de lui le matin, sa poitrine douce et sa joue contre son dos, ses longues jambes le long de ses cuisses. Il disait que s'il n'emmenait pas ma tante à l'université le matin, il commençait mal sa journée. Ma tante me dit qu'elle l'aimait et je n'eus pas envie de penser à ce que papa aurait dit: «Mais comment fait donc ma belle-sœur pour tomber amoureuse si vite?»

La première fois que ma tante alla chez le juge, pour écouter la version originale d'*American Pie*, que chante aujourd'hui Madonna, il lui demanda très naturellement de se déshabiller. Il n'avait jamais vu une aussi jolie femme chez lui et il ne lui était même jamais passé par la tête qu'une chose pareille puisse lui arriver, à lui. Des femmes comme ça, il en avait vu au cinéma et dans les revues, mais rien d'aussi réel ni surtout d'aussi proche. Un tel coup de chance, il le savait, ne lui arriverait sûrement pas une seconde fois dans la vie.

Ma tante trouva la requête attendrissante et nullement vulgaire et elle déboutonna son chemisier. Elle lui montra ses seins et son corps bouleversants, puis elle s'assit à côté de lui sur le canapé et prit ses mains dans les siennes.

«Touche-moi. Tu peux faire ce que tu veux.»

Ce furent les jours heureux de la vie de ma tante. Une fiancée amoureuse et payée de retour qui avait constamment le sourire. Et elle était vraiment jolie. Pas comme avant, une composition réussie de chair et d'os qui n'était pas grand-chose, comparée à tout ce que maman avait de spécial. Parce qu'à mes yeux maman, avec cette allure de chien battu, qui ressemblait à celle des pauvres de l'humanité, était très jolie, et je suis contente qu'elle l'ait été aussi pour le docteur Salevsky. C'est que chez maman il y avait l'amour de la vie. Rien ne lui était indifférent. Une éponge, qui absorbait tous les dons de Dieu. Pendant ces jours-là, ma tante et le juge furent deux éponges qui s'imprégnaient de tout ce qu'il y a de beau dans le monde. Le juge lui fit éprouver ce qu'elle n'avait jamais éprouvé, des choses absolument normales pour des tas de gens mais qui pour elle, habituée aux miettes, étaient comme ces tables dressées qu'on voit de l'autre côté de la vitre, quand la faim est immense. Elle me racontait comme c'était magnifique une douche bien chaude prise ensemble, elle adorait être sous l'eau et elle était terriblement heureuse. Et puis le juge lui avait dit «Je t'aime», et personne, jamais, depuis des années et des années que ma tante couchait, n'avait jamais prononcé une phrase de ce genre. Puissante. Terrible. Merveilleuse. «Aime-moi. Je veux faire l'amour avec chaque plus petite partie de ton corps. Je veux coucher avec ton cerveau. Je veux baiser avec ton cœur.»

Ma tante aurait voulu mourir de bonheur et ne pas rester pour voir la suite. Tous les hommes de sa vie l'avaient quittée, pourquoi ce serait différent cette fois?

«Parce qu'un jour peut-être tout est différent», lui dis-je, sans rien de précis sur quoi me baser, mais sûre de moi. Et je la trouvais très jolie, pendant qu'elle me regardait, confiante dans un avenir qu'une nièce de dix-huit ans lui donnait pour certain. Mais tout prit fin. Simplement, sans prévenir. Un matin où ma tante rentrait chez elle de l'université, le juge passa en scooter et sur le siège arrière, à la place de ma tante, une autre femme l'entourait de ses bras et posait sa joue contre son épaule. Alors ma tante alla s'asseoir sur les marches devant la porte du juge et l'attendit pendant des heures en regardant dans le vide.

«Pourquoi? lui demanda-t-elle en éclatant en sanglots. Pourquoi?»

Le juge ne se justifia pas. Il ne l'invita pas à monter. Il s'assit avec elle sur les marches et la supplia d'arrêter de pleurer, il avait un nœud à la gorge lui aussi. Il passa le bras autour de ses épaules. C'était maintenant, le pire. Il avait donné aux femmes de sa vie le meilleur de lui-même et avait senti qu'il s'évaporait comme une bulle de savon, et plus rien. Combien l'avaient quitté? Il ne se rappelait pas. Toutes, bien sûr. Une souffrance qu'il ne voulait plus jamais éprouver.

Si ma tante le quittait, cette fois, il s'écroulerait. Parce qu'il aimait l'autre aussi, et grâce à l'autre ma tante le voyait fort et l'aimait, et grâce à son amour pour ma tante l'autre le voyait fort et l'aimait. Le monde appartient aux forts et elle le savait bien, elle qui avait vu mourir sa sœur.

«Reste. Je t'en supplie. Mon amour accepte-moi. Pour ce pire-là aussi. Ne me repousse pas. Tu l'avais promis. On avait trinqué ensemble.»

Mais ma tante s'enfuit, et quand elle arriva chez nous elle commença à courir à travers la maison et à se taper la tête contre les murs et à dire qu'elle ne voulait plus vivre et qu'elle voulait les démolir une fois pour toutes, cette tête et ce corps qui ne servaient à rien ni à personne et dont personne ne voulait ni ne voudrait jamais. Puis elle se jeta sur le carrelage et ne se lava plus et ne voulut plus manger pendant des jours et des jours.

Grand-mère venait chez nous voir sa fille, essoufflée des escaliers montés à pied, et elle semblait vieillir chaque jour un peu plus. Elle prenait une petite chaise et s'asseyait pour regarder ma tante recroquevillée sur le carrelage et lui énumérait toutes les bonnes choses à manger qu'elle lui avait apportées. Elle disait que oui, c'était une époque terrible, où on ne comprenait plus rien. Mieux valait la faim qu'elle avait connue elle, à son époque, que la faim de ma tante maintenant. Mieux valait la guerre, au moins on savait à qui s'en prendre. D'abord les Américains. Après, les Allemands. Et même si les mauvais changeaient, sur le moment au moins tu savais. Alors que maintenant, à qui tu pouvais t'en prendre ? C'était évident que le juge aussi était un pauvre homme, un immature, exactement comme ma tante, et ils se croyaient amoureux au bout d'une journée, quand ils ne savaient même pas où l'amour commence et où l'amour finit. Comme notre père, qui savait toujours tout sur Dieu, sur l'amour, sur le bien et sur le mal et qui avait abandonné ses enfants sans un sou. Comme maman, pauvre lapin apeuré, inconsciente elle aussi. Bêtement tombée de la terrasse alors qu'elle savait bien qu'elle était faible et que souvent la tête lui tournait. Maintenant, il n'y avait plus ni bons ni méchants. On ne savait pas à quoi s'attendre, comment vivre. Même Dieu avait l'air perdu, et plus jamais elle n'irait à l'église, plus jamais elle ne prierait. La guerre lui avait sauvé son fiancé et la paix lui tuait ses filles. La faim de cette époque-là, ils y avaient survécu en se réfugiant à la campagne, alors que maintenant, pour la faim de sa fille, il n'y avait pas de solution.

Mais dans sa prison sans eau et sans nourriture ma tante n'a pas dit « Ce juge, il faut lui botter le cul ! » et elle ne l'a pas dit non plus quand elle s'est relevée. Elle l'avait vraiment aimé et elle lui était reconnaissante de ces journées vécues en épouse.

Maintenant que près d'un an a passé, elle dit souvent qu'être l'épouse de quelqu'un c'est facile, et que ce n'est pas vrai qu'elle n'est pas faite pour ça: « Tu te fais balader en scooter, tu prépares des sauces pour les pâtes, tu fais l'amour et tu te mets sous une bonne douche d'eau chaude avec ton mari. Les gens se plaignent du mariage, mais pour moi c'était très agréable. La période la plus heureuse de ma vie. »

Ma tante devient une mère

« Et être une mère aussi c'est facile. Il y en a tant qui se plaignent continuellement de leurs enfants, regardez grand-mère. Mais moi, avec vous, je n'ai jamais à me plaindre. Être mère, c'est très agréable. La période la plus heureuse de ma vie. »

En attendant, ma tante restait couchée sur le carrelage, les jours passaient et nous savions que si rien ne se produisait, elle ne se relèverait plus. Désespérée, j'allai voir Mauro, qui me dit qu'à son avis ma tante ne pouvait pas continuer comme avant, qu'il fallait qu'elle montre qu'elle avait des couilles et qu'elle le ferait sûrement. Il me dit de ne pas m'inquiéter, qu'elle n'allait pas mourir et qu'elle aurait sûrement encore le temps de retomber amoureuse, et de mimer le débarquement en Normandie dans la cuisine inondée, ou la tactique du général Koutouzov en marchant à reculons dans l'entrée. Il ne croyait pas en Dieu, mais la force de la nature était une réalité évidente, et ma tante en faisait tout aussi évidemment partie.

J'allai jusqu'à fouler aux pieds mon orgueil et téléphonai à tous ses anciens fiancés dont je pus trouver le numéro.

« Qu'est-ce qu'elle a qui cloche, ma tante ? »

Certains paniquèrent et me prirent pour une sorte de nièce vengeresse. Ils raccrochèrent, effrayés. D'autres répondirent : « Elle était parfaite, mais pas pour moi. »

Ce fut mon frère qui eut l'idée.

« Tu m'es utile, à moi, lui dit-il. Ne meurs pas. Ne sois pas égoïste. J'ai toujours pensé que je t'aurais préférée toi comme mère, et aussi comme père, et aussi comme grand-mère. Et qu'est-ce que je donnerais pas pour une fiancée aussi canon. À part mon piano, tout. »

Alors ma tante se releva et alla prendre une douche froide, comme toujours avant le juge, puis se jeta sur la marmite de boulettes de viande que grand-mère avait laissée pour nous.

J'étais en colère après mon frère.

« Tu n'aurais pas dû faire ça aux parents.

– C'est pas vrai que je préfère tantine. Mais c'est pas vrai non plus que les morts nous entendent, ou que les gens même loin savent ce qu'on pense d'eux et toutes ces conneries-là. Les morts c'est des sacs vides et maman c'est de la cendre dans une boîte et si papa savait ce qu'on pense il reviendrait. Non ? »

Le fait est que ma tante s'était relevée de ce maudit carrelage.

Alors elle dit au revoir à grand-mère, transporta chez nous ses livres d'histoire et ses robes décolletées et commença sa nouvelle vie sans fiancés et sans un sou, parce qu'elle tint à nous élever sans demander de l'aide à grand-mère et voulut acheter notre appartement, qui était en location, et le mettre à notre nom, avec l'argent mis de côté pour s'acheter une maison quand elle se marierait, plus un prêt.

Si on n'avait pas été aussi tristes, on se serait même bien amusés, avec ma tante, parce que quand on était ensemble tous les trois, avec ce sentiment d'abandon et de défaite, elle nous sortait toujours un exemple d'événement historique tragique à comparer avec notre situation.

Fini l'époque de la Bible, disait mon frère, voilà qu'arrive le temps de l'Histoire. Nous fûmes les Carthaginois à Zama, les Perses à Marathon, Napoléon à Waterloo. Nous affrontâmes les batailles de la Somme, Verdun, et capitulâmes à Caporetto. Nous souffrîmes du froid à Stalingrad. Nous fûmes les Juifs dans l'Allemagne nazie et les réfugiés palestiniens chassés par les Juifs. Ma tante disait que nous nous en relèverions, exactement comme les Japonais.

Souvent elle préparait quelque chose de spécial et invitait Mauro De Cortes à manger. Il ne voulait pas être malpoli et répondait : « Merci, aujourd'hui je suis déjà pris, un autre jour, peut-être. »

Ma tante attendait un autre jour et lui envoyait des textos rigolos où elle se faisait passer pour la patronne d'un restaurant et lui communiquait le menu. Mauro répondait sur le même ton sympathique mais ne venait pas pour autant. Quand elle se décidait à nous ressortir ses spécialités, puisque le seul vrai client ne venait jamais, ça n'en était plus : les légumes étaient tout mous, les sauces rendaient de l'eau, les gâteaux étaient desséchés, le pain rassis.

Et si nous faisions la grimace ma tante disait : « S'ils avaient ça en Afghanistan, ou en Palestine, ou au Nicaragua où est sûrement parti votre père ! Si votre grand-père avait eu ça au camp de concentration, ou les Londoniens pendant les bombardements de septembre 44 !

– Tantine, finit par lâcher mon frère en repoussant son assiette. On n'est pas en guerre. On attend juste que Mauro De Cortes daigne venir manger avec nous. »

Nous le regardâmes bouche bée. Comment un type toujours enfermé dans sa chambre à jouer du piano, ce qui n'encourageait guère les confidences, faisait-il pour avoir tout compris ? Ce jour-là ma tante ferma son restaurant, et quand il y eut des spécialités elles étaient pour la famille Sevilla-Mendoza.

Le moment le plus difficile fut quand Mauro De Cortes, qui ne répondait plus au téléphone, nous envoya une carte postale de Grèce dans laquelle il disait qu'il avait pris une année de congés sans solde et qu'il s'était acheté un autre voilier avec sa nouvelle fiancée. Il était parti, et naviguait sur la mer bleu intense à l'arrière-plan de la carte postale, avec devant une terrasse blanche et des pots de fleurs rouges et mauves de géraniums et de girofliers sous une petite fenêtre d'un bleu grec. Sur une autre, c'était un petit balcon la nuit. La lune éclairait une chaise peinte en jaune et une table avec un verre vide. Il disait seulement que tout allait bien et qu'il espérait que pour nous aussi.

Nous nous mîmes à penser que Dieu soit n'existe pas soit est injuste, parce que dans ces malheureuses batailles nous n'étions jamais les vainqueurs et nous jouions toujours le rôle des morts.

Nous ne priâmes pas, et je n'écrivis ni cette histoire ni d'autres. Mon frère décida de quitter le lycée et de rester à la maison tout seul, à étudier le piano, parce qu'il n'en pouvait plus de ses camarades. Ma tante décida d'en finir avec les hommes. Définitivement.

Lui, je le regrettais: le temps où il me suffisait d'exécuter des ordres et de m'en aller dans le monde des rêves pour être heureuse. Et quand il me téléphona pour me revoir et me jura que cette fois-là, à la plage des cartes postales, il avait essayé de me porter mais que j'étais lourde comme une pierre, et qu'il avait attendu des heures et des heures que je l'appelle, ce fut dur de ne pas croire que c'était de l'amour. Mais l'amour, c'était forcément autre chose.

Le vétérinaire

Un jour parmi ces jours tristes, je descends porter la poubelle près du couvent des Capucines et j'entends dans la benne à ordures quelque chose de vivant qui gémit. Comme je me suis habituée à être moins chichiteuse, je monte sur un vieux parpaing et je vois une nichée de chiots qui n'ont l'air d'aucune race, tout puants et gluants. Je me demande s'il ne vaut pas mieux les laisser mourir. Quelle vie les attend ? Que du malheur. Je n'arriverai nulle part à placer cinq chiens et ma tante n'en voudra jamais à la maison. Il ne manquerait plus que ça, des animaux. Alors, le premier qui passe et qui m'inspire je l'appelle pour lui demander de l'aide, ou son avis.

« Excusez-moi !

– Oui ?

– Il y a cinq chiots là-dedans. Je ne sais pas ce qui est le mieux, qu'ils meurent ou qu'ils vivent. Moi, je ne peux pas les prendre.

– Qu'ils vivent, nom de Dieu, dit-il en arrivant au pas de course, je suis quasiment vétérinaire !

– Vétérinaire ? »

Et aussitôt nous sortons les chiots de la benne à ordures et nous les posons sur le blouson que le garçon a étalé par terre.

« Dieu est bizarre, dis-je en pensant tout haut, il a l'air de se fiche de tout et brusquement le voilà qui arrive pour sauver cinq chiots. Je suis tellement contente pour eux. Un vétérinaire.

– Tu lui en veux donc tellement, à Jésus ? demande le garçon en déposant le dernier chiot sur le blouson.

– Ma mère est morte. Mon père est parti. Ma tante a été mal et pendant tout un temps elle est restée couchée sur le carrelage. Un de mes amis, un sur qui je pouvais compter, est parti en voilier faire le tour de la Méditerranée. J'aimais un homme marié. Mon grand-père était un type super mais il est mort d'un ulcère qu'il avait rapporté des camps de concentration nazis. Mon frère passe son temps à jouer du piano et c'est comme s'il n'était pas là. Ajoute à ça que c'est bientôt Noël et qu'on sera que quatre à table et ma grand-mère pleurera, ma tante dira "Faut leur botter le cul à tous" et mon frère restera avec nous à peine le temps de manger quelque chose.

– Et en plus chez vous y a plus de rideaux ! dit-il en s'illuminant comme s'il avait dit quelque chose de spirituel.

– Comment ça ?

– Je dis que tu es du genre dramatique, comme fille. Tu vois Eleonora Duse quand elle s'accrochait aux rideaux les bras en l'air avec les cheveux dans la figure, comme toi en ce moment ? »

Il éclata de rire. Quelle idée.

« Les chiots, je vais les prendre. Chez moi ils en ont vu d'autres. On s'échange nos numéros de téléphone et je te donnerai des nouvelles. »

Je monte les escaliers quatre à quatre et je frappe à la porte de mon frère.

« Si tu savais le truc bizarre. J'ai trouvé cinq chiots dans la benne à ordures et qui passait à ce moment-là ? Un vétérinaire. C'est rudement vrai que Dieu a de drôles de façons de te faire comprendre qu'il existe. Tu te rappelles ce passage des Évangiles que nous racontait papa quand on n'avait plus confiance en rien, ce passage où les femmes le croient mort ? "Alors Jésus vint à leur rencontre et leur dit : Salut !" Un vétérinaire ! Tu te rends compte ?

– Oui. Mais ferme la porte s'il te plaît. Tu vois pas que je suis en train de travailler ? »

Alors je vais dans la chambre de ma tante.

« Tantine, un miracle, j'ai trouvé cinq chiots dans la benne à ordures.

– Ne te risque pas à amener d'autres animaux ici. On est déjà assez nombreux.

– Pas besoin de les amener ici. Devine qui passait à ce moment-là ?

– Ne t'y risque pas. »

Le vétérinaire appelle presque tout de suite. « Ils vont bien. Et toi, le sixième chiot, qu'est-ce que tu fais ? »

Je fais que j'essaie de me glisser entre les plis accueillants de sa voix. Je trouve un passage et j'entre. Et de là je regarde la ville qui brille sous mes fenêtres. Il fait froid et je ne le sens pas. C'est presque l'heure du dîner, mais je peux allègrement le sauter et la nuit ne me fait pas peur du tout et même pas les vacances de Noël avec nous les Sevilla-Mendoza, tous aussi tristes les uns que les autres.

« Tu me manques, dit-il. Je ne te connais pas et tu me manques. Ou il faudrait peut-être dire que tu me manquais et je t'ai trouvée. Et je ne voudrais pas que tu me prennes pour un fou mais je t'aime.

– Moi aussi je t'aime.

– Alors on reprend tout au début: dans un quart d'heure, devant les poubelles. »

Comme mes cheveux sont vilains depuis qu'il n'est plus là, lui, pour m'ordonner de les attacher avec une barrette, on dirait un affreux chapeau qui me retombe sur les yeux. Et comme je suis grosse, pourquoi j'ai mangé tous ces gâteaux et ces sandwiches? Conne que je suis, pourquoi je ne me suis pas préparée à l'éventualité de vivre? J'ai toutes sortes de tenues pour feindre l'amour, femme blanche, femme noire, dominatrice, victime, pute, petite fille innocente, et pas un bout de chiffon décent pour l'amour vrai, juste ces robes-sacs informes pour aller au lycée. Et puis je suis une fille bizarre, trop pour que quelqu'un se sente vraiment bien avec moi, et triste, trop triste pour ne pas rendre l'autre mélancolique aussi. Et j'ai peur. Et peut-être que je ne descendrais même pas aux poubelles, sauf qu'il y a cette envie folle de le revoir même un instant, et un quart d'heure c'est insupportablement long, donc ça n'est même pas pensable que je n'y aille pas.

Et dès que je le vois arriver je cours vers lui et il court aussi et il m'entoure de ses bras et me serre et nous nous embrassons jusqu'à perdre le souffle et puis il déboutonne mon manteau de laine et ma veste et il se penche pour me mordre les seins et il me soulève dans ses bras et m'amène dans sa voiture, et là on recommence.

De temps en temps il s'arrête et s'écarte comme pour mieux me voir.

« Mon amour, dit-il, mon sixième chiot. Laisse-moi te regarder. Tu sais que tu es très belle ? Avec cette petite figure, ces yeux mélancoliques et heureux sous cette touffe de cheveux, tu me rappelles quelqu'un, une petite fille qui me plaisait beaucoup quand j'étais petit, je crois. Mais je parle trop et je ne peux pas rester tout ce temps sans t'embrasser. »

Quand, terriblement en retard, je m'assieds à table pour le dîner, les beignets de ma tante dans l'assiette ne me disent rien. Muets pour toujours. Et les raviolis de grand-mère aussi me sont indifférents. Et même les gâteaux dans le buffet, sous clé, pour m'aider à maigrir. « Mange au moins un peu de fruits », dit ma tante, inquiète. « Il y a des bananes. Qu'est-ce qui t'arrive, tu ne manges rien ?

– Je ne mangerai plus jamais, parce que mon vétérinaire est la seule chose dont j'ai envie de me goinfrer », je déclare, en posant la joue contre la table. Et d'une voix comme si j'étais saoule, alors que je n'ai rien bu : « Mon ravioli, mes beignets, mes chocolats, ma délicieuse banane ! Comment j'ai pu vivre comme ça : sans Dieu, sans amour, sans histoires à raconter ? »

Un jour mon frère apparaît au petit déjeuner et pose sa pile de livres sur la table, il boit son café au lait à toute vitesse, en regardant sa montre, parce que les portes du lycée ferment à huit heures trente-cinq. Il réapparaît à l'heure du déjeuner et dit d'un air satisfait : « Tant pis pour mes mains. Tant pis pour le piano. Tant pis pour tout. Je leur ai filé une raclée et ils ont même été obligés de s'excuser. »

Ma tante, pour fêter l'événement, se met à rénover l'appartement et peint en blanc le minuscule balcon qui nous est resté, plante des girofliers et des boutures de géranium dans trois petits pots de fleurs rouges et mauves, parvient même à y glisser une petite chaise jaune et une mini-table d'un bleu grec, où l'été elle aura tout juste la place de poser un verre, si elle veut boire en regardant les bateaux. Après elle trouve des justifications et dit que ce n'est pas qu'elle copie, mais c'est que les idées de Mauro De Cortes, même en carte postale, sont toujours les meilleures.

À mon petit ami il manque seulement quelques examens pour avoir son diplôme de vétérinaire. Il fait ses études à Sassari et il n'aime pas se promener en ville quand il revient ici mais plutôt autour de chez lui, dans la zone de Capoterra, que je vois de mes fenêtres par temps clair. Je mets une demi-heure pour arriver là-bas en Vespa parce que je ne veux pas rater le spectacle des étangs de Santa Gilla, roses ou violet et or avec les montagnes d'un violet plus sombre qui se reflètent dans l'eau et les flamants tranquilles qui déjeunent et dînent. Mais comment c'est possible, que je sois si heureuse maintenant? Les plages sont longues et désertes l'hiver. Mon vétérinaire habite une maison avec un immense jardin, une immense famille et une immense quantité d'animaux. Je ne connais pas sa famille parce que je l'attends toujours devant la grille, mais les animaux si. Ils me font la fête en remuant la queue et en miaulant derrière les barreaux de la clôture. Surtout Biagio, le plus vieux chien, qui aurait soixante-treize ans si c'était un homme. Il m'aime bien. Alors mon vétérinaire l'emmène souvent avec nous courir sur la plage et il me confie la laisse, à moins qu'il me confie au chien. Et Biagio court et court pendant que les vagues se brisent sur les grands rochers du rivage et nous éclaboussent de sel. Et moi aussi je cours, au rythme du chien.

La vie c'est ça, et je ne le savais pas.

Mon petit ami m'appelle de toute sorte de noms d'animaux, selon les circonstances. Je suis son petit lapin si j'ai peur, sa lionne si je me montre forte. Sa chienne en chaleur quand nous nous déshabillons avec impatience et que nous nous mordons en faisant l'amour. Ou bien sa petite chatte, sa souris des greniers, sa poule sultane. Je lui rappelle surtout, mais pas méchamment, les vaches, mélancoliques et bonnes, quand elles se laissent tirer les tétons sans protester, pour donner leur lait, utile à l'homme. Et, toujours pas méchamment, et seulement maintenant que c'est l'hiver, les petits moutons, doux, utiles, parce que j'ai un manteau de laine moi aussi.

Je lui ai tout dit de moi, mon histoire sexuelle sadomaso. Et il m'a prise dans ses bras et m'a dit que si j'ai accepté des choses comme ça c'est parce que alors j'étais un adorable scarabée stercoraire, mais maintenant je suis un autre animal.

Je suis heureuse dans ce zoo. Mon vétérinaire réussit à soigner mes blessures et mes plaies, qui sont presque toutes cicatrisées. Et pour ma faim d'amour il a toujours la nourriture qu'il faut, du genre : « Y a pas le feu, mon bébé koala », si je me bloque. Ou bien : « Mon pinson qui pleure », si je ris et pleure à la fois. La première fois que nous avons fait l'amour et que nous nous embrassions je continuais de lui dire: « Mon amour, je ne sais pas quoi décider. Je ne sais pas décider si je le fais ou pas. »

Et lui il disait: « En attendant je commence à te déshabiller. Tu es magnifique. Jamais vu un aussi bel animal. »

Il n'aime pas que mon sexe s'appelle un « con » ni que le sien s'appelle une « bite », alors on les appelle respectivement l'« Île des Lacs », parce que je suis toujours trempée de désir, et l'« Île des Arbres » pour une raison analogue.

Il ne croit pas en Dieu mais il a voulu que je dise un rosaire avant ses examens, qu'il a passés après s'être plongé dans d'intenses révisions.

Après il m'a téléphoné et il a dit: « Je remonte à la surface, tu peux ranger ton rosaire, mon amour. »

Je sais qu'il a tort, parce que cet amour c'est quoi, sinon un cadeau de maman, là-haut, ou de grand-père, ou du Dieu de mon père ?

Grand-mère dit que ce garçon est bizarre et que je ne devrais pas m'y fier. Il est tombé amoureux sans respecter les délais. Et puis nous sommes trop jeunes. C'est vrai qu'ils étaient jeunes eux aussi, grand-père et elle, mais la guerre s'est chargée de les faire attendre et réfléchir.

La veille de Noël grand-mère fait dans son four des *papassine*, des *candelaus* et des *amaretti*[1] jusque tard dans la nuit pour que je les apporte à la famille de mon petit ami qui m'a invitée pour le déjeuner.

---

1. *Papassine, candelaus*: petits gâteaux traditionnels sardes à base de pâte d'amandes, de même que les *amaretti*, répandus en revanche dans toute l'Italie.

Je m'arrête sur le pas de la porte. « Mais vous allez manger quoi, pourquoi vous me donnez tous les gâteaux ?

– Allez va, il est tard, dit ma tante en me poussant dehors. Et le malheur, on lui botte le cul ! »

Ils sont tous les trois à la fenêtre et je sens qu'ils me caressent du regard : mince à présent, les cheveux longs, soignés et retenus en arrière par un serre-tête, jusqu'au moment où le mur de la rue est trop haut pour qu'ils puissent me voir.

La famille de mon petit ami est stéréophonique. À la porte arrivent les cinq chiots en grande forme :

« Souhaitez bon Noël à votre sœur.

– Ma grand-mère vous envoie ces petits gâteaux qu'elle a faits et moi j'ai ça pour tes petites sœurs, le *Journal d'Anne Frank*, à leur âge je le lisais sans arrêt.

– Très bien mon trésor, mais *Si c'est un homme* aurait été parfait aussi. Pour entretenir la gaieté, à leur âge.

– Ce n'est pas triste, c'est plein d'espoir.

– Bien sûr, mon amour, ne t'en fais pas. De toute façon ici personne n'y fera attention. Tout le monde se jettera sur les gâteaux. Je te présente les autres animaux : mon frère aîné, ma belle-sœur, mes petits neveux. Mon petit frère, ma grande sœur, mes petites sœurs. Et les garçons : Ciopper, le chien le plus généreux du monde. Donne la patte à cette jolie demoiselle. Isotta n'est pas là parce qu'elle déprime un peu. Et les chats non plus, ils viendront plus tard. Et avec celui-là, Biagio, vous êtes déjà amis. »

Biagio me regarde avec douceur et remue la queue et quand je m'assieds dans un fauteuil qu'on m'approche, il pose le museau sur mes genoux avec les oreilles en position de tranquillité et de repos. Je lui plais. Peut-être sent-il que j'ai peur de toutes ces nouveautés, et de la vie. Peut-être est-il anxieux, lui aussi.

« Tonton ! L'histoire du tyrannosaure avant qu'on mange.

– Laissez-le tranquille, entend-on en stéréo.

– Vite sous son pull, les tyrannosaures nous attaquent ! », et les petits lui soulèvent son gros pull pour y trouver refuge. « Vous nous attraperez pas !

– Laissez-le tranquille. » Injonction en stéréo.

Alors, puisque dans ce paradis chacun fait ce qui lui plaît, je me lève du fauteuil et me réfugie moi aussi sous le gros pull de mon copain, à l'abri de l'angoisse, de la peur et des tyrannosaures. Les chiens et les chats pensent exactement comme moi et aboient et miaulent pour avoir de la place.

« Tu n'as pas le droit de prendre mes chaussures.

– T'as plus de choses que moi.

– C'est parce que j'y fais attention et je mets pas mes pulls avant de prendre ma douche et je mets pas mes chaussures neuves quand il pleut.

– Égoïste, radine, vipère, méchante !

– Mon trésor, voilà mes petites sœurs en action, sors de sous mon pull. Ma copine vous a apporté le *Journal d'Anne Frank*.

– Moi après je vais au cinéma, dit le petit frère.

– Qu'est-ce que tu vas voir ? » Question en stéréo.

« Le dernier Hannibal Lecter.

– On aime pas », condamnation en stéréo.

« C'est pas à vous de choisir.

– C'est vrai. Alors tu peux y aller. Nous on te donne pas les sous, mais tu peux y aller. »

Ce fut la première des nombreuses fois où je fus invitée par la famille de mon vétérinaire. Grand-mère envoyait des gâteaux faits par elle, j'apportais un petit livre gai pour les petites sœurs et tout le monde se tordait de rire à propos de mon tempérament dramatique, ma tante envoyait pour le frère aîné, passionné d'histoire, un livre présentant des interprétations nouvelles sur des questions controversées et non résolues. Aussitôt le frère aîné appelait ma tante pour la remercier et s'attardait au téléphone même si tout le monde était déjà à table. Les parents disaient qu'il était resté fils unique pendant dix ans avant la naissance de mon copain et qu'il lisait et lisait sans cesse, et petit il voulait toujours qu'on lui offre des soldats de plomb, pour leur faire faire la guerre, mais en grandissant il avait tourné au pacifiste qui ne s'intéressait aux conflits que pour mieux les haïr. Et c'était bizarre que dans cette famille si nombreuse il y ait deux fils uniques, parce que dix autres années séparaient mon vétérinaire de son petit frère, raison pour laquelle lui aussi, enfant, n'arrêtait pas de lire et ne voulait en cadeau que des livres sur les animaux. Pas comme son petit frère, qui avait au contraire passé toute son enfance à se disputer avec ses sœurs, qui se disputaient entre elles mais se coalisaient contre lui.

Isotta s'amouracha d'un chien de sa race, un nouveau voisin, qui lui laissait des os devant la porte d'entrée. Elle triompha de sa dépression, au grand dam de Ciopper, qui n'avait jamais pu s'accoupler avec elle à cause de la différence de race. Biagio, lui, semblait n'avoir d'yeux que pour moi.

Durant ces déjeuners et dîners, il ne me perdait jamais de vue. Il arrivait à la grille en remuant la queue, me précédait dans le jardin et s'arrêtait si je restais trop en arrière. Il se tenait en alerte pendant les premiers bonjours et ne posait tranquillement le museau sur mes genoux que lorsque je m'asseyais dans ce que tout le monde appelait désormais mon fauteuil.

Au moment de partir, le frère aîné disait: «Merci m'man, merci p'pa. Les raviolis j'y ai pas touché mais tout le monde m'a dit qu'ils étaient excellents, et le gâteau aussi, je ne l'ai pas vu mais il paraît qu'il était sublime.

– C'est parce que tu parlais de l'Isonzo au téléphone et des responsabilités réelles de Marie-Antoinette et si c'était juste ou pas de la guillotiner, expliquait sa femme avec douceur tout en emmitouflant les enfants avant de sortir. C'est parce que tu discutais d'El-Alamein.»

Grand-mère dit que notre amour est exagéré. Qu'il n'est pas réaliste: toujours au téléphone, et constamment ces allées et venues depuis Sassari. Et moi qui jamais, alors que c'est l'année du bac, ne pense au lycée. Rien que l'amour, l'amour, l'amour. Grand-mère dit aussi qu'à son avis il ne faut pas trop se fier à quelqu'un qui confond les animaux et les humains. Je n'aurais pas dû lui raconter comment mon petit ami, quand il arrive chez lui, fait des mamours à ses chiens et à ses chats: «Et donnez-moi vos patounes, que votre papa il vous aime beaucoup, vous savez. Qu'est-ce qu'il vous dit toujours, votre papa? Qu'on ne se quittera jamais, nous. Jamais.»

Je décide de faire lire mes histoires à mon vétérinaire. Elles lui plaisent beaucoup. Sauf qu'il ne comprend pas pourquoi il faut toujours qu'elles se terminent mal. Souvent je lui annonce qu'il y aura un mort et là il se met en colère.

« Merde, mon amour, tu en as déjà fait mourir un, deux c'est trop. Deux morts dans une histoire qui n'est pas une tragédie, c'est ridicule. »

Je suis d'accord. C'est vrai : deux morts, c'est trop. Mais ce que mon petit ami ne sait pas, c'est que dans notre histoire je pourrais très bien mourir et je ne me sentirais pas ridicule. Si je pense seulement qu'un jour il pourrait ne plus me désirer autant et s'ennuyer et rester avec moi par devoir, pour ne pas faire trop de mal à son sixième chiot, alors je prie Dieu de me faire crever maintenant, avant que mon personnage ne voie la fin de cette histoire.

Brusquement il me vient une grande peur que mon séjour dans l'Île des Lacs et des Arbres, ce soit juste des vacances. Et je me mets à compter combien de fois il m'appelle amour et je fais attention à ce qui pourrait ici, au zoo, être ne serait-ce que légèrement différent. Et la nourriture ne me suffit plus et j'ai de nouveau toujours faim. Je rôde inquiète dans l'île, qui ressemble de moins en moins au Paradis terrestre et de plus en plus à un enfer.

Je me dis que pour certains l'amour dure : pour grand-père et grand-mère, par exemple, pour son frère aîné et sa belle-sœur, pour ses parents. Mais comment font-ils pour rester calmes, pour se juger dignes d'un tel miracle ?

Mon cœur hésite, découragé, et je m'étonne chaque jour d'être celle qu'on aime. Comme c'était plus facile de n'être que l'instrument sexuel de quelqu'un qui en aimait une autre, quelqu'un qui ne fait pas partie de ton histoire, et plus simple de vivre enfermée en regardant l'ailleurs sur les cartes postales.

Maintenant que je suis dehors, qu'il y a le soleil, la mer, la nourriture en abondance, que je pourrais savourer tout ça... Peut-être que si Jésus croisait ma route à l'improviste pour me dire « Salut ! », alors oui, je serais tranquille. Il l'a fait pour les chiots, mais pas pour moi. Il me laisse faire. Il me laisse tout gâcher.

Je me persuade que mon séjour ici va bientôt finir et je sais bien qu'avoir résisté au fouet, à la baguette japonaise et à la merde ne me servira à rien du tout, parce que aucun être humain ne s'est encore habitué à être chassé de l'Éden. Alors, chaque fois que nous devons nous séparer, je deviens casse-pieds comme maman quand elle était petite et je lui demande d'autres caresses encore et encore et des Bonne Nuit qui me rassurent et lui cent fois il me dit Bonne Nuit mon petit chiot et il me caresse sur le pas de la porte mais il ne sait pas, le pauvre, que ça ne me suffit pas. Parce que ce n'est pas vraiment ça que je veux. Rien de tout ça n'apaise mon âme. Même les jeux sexuels auxquels je le pousse avec mes récits du passé, quand je lui demande de me faire mal pour punir ma faim d'amour insatiable. Ce que je voudrais, c'est ce qu'il dit à ses chiens et à ses chats : « Donnez-moi vos patounes, on ne se quittera jamais. Jamais. »

Alors je m'attarde et je demande à manger encore et encore et je le fais manger encore et encore, jusqu'à l'indigestion, jusqu'à ce qu'il n'en puisse plus et me donne une tape sur l'épaule comme avec ses frères.

« Du calme, du calme… », et j'ai l'impression qu'il lui tarde que je m'en aille et en moi il n'y a plus que le désespoir.

Un de ces jours je quitterai l'île et quand le vétérinaire reviendra il ne trouvera plus le sixième chiot, ni la vache, ni le lapin, ni la petite chienne en chaleur et à jamais il nous regrettera et il continuera à nous chercher et se demandera pourquoi, pourquoi, et ce qu'il a fait de mal, en quoi il ne nous a pas rendus heureux. Et nous aussi nous le chercherons, et ce zoo sera le seul endroit où nous aurons envie de revenir. Et tout ça parce que nous avons trop faim et qu'il n'y a pas de nourriture qui puisse nous suffire.

Je suis assise dans mon fauteuil. Biagio veille sur moi, les oreilles au repos. Là-bas il y a le vétérinaire et une copine à lui qui est tombée dans le ruisseau, pendant la promenade que nous avons faite au mont Arcosu. Si bien que maintenant ses habits sont mouillés et il lui donne des vêtements d'homme pour se changer. Je crois qu'ils laissent la porte de la chambre fermée pour garder la chaleur. C'est forcément ça. Le vétérinaire avait envie que nous ne soyons plus seuls dans ce monde isolé qu'est notre zoo et il a invité quelques copains à faire une balade avec nous. Mais la malchance a voulu qu'au rendez-vous arrive seulement cette fille, et on ne pouvait évidemment pas lui dire : « Dans ce cas, on n'y va pas. » Donc on y est allés et je me suis persuadée qu'il n'y avait rien à craindre, que mon vétérinaire ne peut pas rester les yeux bandés pour ne pas voir les autres filles. Et puis tout se passait bien, le ciel était de ce bleu encore hivernal, et l'eau du torrent un miroir si parfait que la forêt semblait dédoublée. À mesure que nous grimpions vers le mont dans un sous-bois de ronces, le torrent se transformait de plus en plus en ruisseau et quand il devenait impossible de s'ouvrir un passage on était obligés de traverser et le vétérinaire passait devant et construisait pour nous les filles des ponts de pierres. Moi qui suis plutôt grosse, je ne suis pas tombée, alors que l'autre fille, qui est danseuse classique et qui est légère et délicate comme une plume, si. Elle est tombée dans l'eau glacée de février et elle a dû se déshabiller complètement, pas un seul de ses vêtements qui ne soit trempé. Elle s'est étendue entièrement nue sur une pierre plate et elle avait l'air d'une de ces princesses des contes. Le vétérinaire a mis ses habits à s'égoutter sur les arbres et ils n'arrêtaient pas de rire tous les deux. Après, parce qu'il avait dû lui venir la même idée qu'à moi sur les princesses des contes, il lui a fait une courbette de prince et s'est agenouillé à ses pieds. J'ai voulu ôter quelque chose, mon anorak et mes deux pulls, et je suis restée un instant en soutien-gorge avec mes gros seins, et ce n'était pas entièrement par altruisme, c'était aussi pour attirer l'attention de mon petit ami et le détacher de la danseuse. Mais dans ce tableau enchanté ils étaient seuls tous les deux, et mes seins c'était de la viande de boucherie qui ne fait d'effet à personne et qu'on peut débiter en tranches. Quand la danseuse a été réchauffée, après un temps infini, et que ses vêtements ont cessé de goutter, nous avons descendu le sentier du retour et le soir donnait au ruisseau et à la forêt de beaux reflets dorés. Mais moi, là, au lieu de recevoir de tant de beauté la preuve que Dieu existe, j'ai compris au contraire qu'il n'existe pas. Parce que si Dieu est Dieu et s'il a été assez fort pour créer cette montagne et cette forêt et ce ruisseau et ce ciel, il ne peut pas être imbécile au point de la faire tomber elle dans l'eau et pas moi, ou aucune des deux. Et maintenant ils sont là-haut enfermés pour garder la chaleur, et avec une famille si nombreuse, aujourd'hui il n'y a personne, encore une coïncidence qui montre que Dieu n'est pas très intelligent.

Alors je décide que ce sera sans moi. Biagio voit que je pleure et il dresse les oreilles, lève la tête et pose les deux pattes avant sur mes genoux.

« Biagio, lui dis-je au milieu des larmes, même si je ne me suis jamais intéressée aux animaux, même que j'aurais fait une grimace de dégoût si petite on m'avait offert, au lieu d'un roman d'amour, un livre sur les chiens, toi je t'aimais vraiment bien, et tous les autres animaux de la famille aussi. Biagio, c'est la dernière fois qu'on se voit. Adieu. Ne m'accompagne pas à la grille, s'il te plaît, ne me rends pas les choses encore plus difficiles. »

Biagio ne m'a pas suivie, et mon vétérinaire non plus. Ni à la grille ni ailleurs.

Je me sauve à la maison et j'ai tellement froid que je n'ai pas assez de toutes les couvertures, et ma tante me donne ses robes de chambre et elle prend aussi celle de maman dans l'armoire et la veste de grand-père qui garde encore un peu de sa force. Grand-mère rappelle qu'elle l'avait bien dit. Je m'étais jetée la tête la première sur cet amour un quart d'heure après l'avoir rencontré. Je m'en étais goinfrée comme quand elle faisait des raviolis, ou des boulettes, et j'avais mangé à toute vitesse, sans reprendre mon souffle. Sans style. Sans logique. Sans réfléchir. Et maintenant je vomissais ma douleur. L'amour aussi il faut du temps pour le digérer.

Derrière les vitres je vois la Mort, avec son capuchon noir d'*orbace*[1] mal taillé. Elle tapote de ses doigts crochus et me regarde, sans expression. Je lui souris.

« Viens, lui dis-je, mange ma chair, pour ce que j'en fais de toute façon. »

La Mort entre et prend mes nichons et mon cul et les serre et les dévore et mange le reste aussi, avec cet air indifférent. Et ce qui me frappe c'est que, derrière elle, l'horizon serein et dégagé brille et le roulis du port me berce, comme quand on est petit et qu'on fait un voyage en bateau protégé par ses parents. La Mort mange ce qu'il y a à manger mais elle ne veut pas tout, et elle s'envole dans la nuit bleue, par-delà les géraniums et les girofliers dans leurs pots rouges et mauves, par-delà les navires et les voitures qui vont et viennent comme des lucioles sur le pont de la Scaffa.

Alors, après des mois sans se parler, c'est lui que j'appelle au téléphone.

« Tu avais dit que la meilleure preuve d'amour qu'on peut donner à quelqu'un c'est de le tuer. »

1. Étoffe sarde en poil de chèvre.

Mais le monde, il est beau ?

Malgré mon tailleur noir ajusté et mes bas voile extra-fin fixés par un porte-jarretelles, je saute de la jeep et me fraie un chemin dans l'herbe haute et les buissons et les figuiers de Barbarie et les murets de pierre sèche. Sa grand-mère lui a laissé une oliveraie avec une villa en ruine au milieu.

Il a promis de me tuer un jour ou l'autre d'une overdose de sévices, mais pour le moment je dois vivre. À l'intérieur de la maison il a installé une salle de torture, rien que pour moi. Ce que je dois faire à peine arrivée, c'est entrer là. Il tire les funèbres rideaux de velours, allume une lampe et je dois soulever ma jupe et me pencher en attrapant mes chevilles, et il commence à me frapper avec la cravache qui servait à son grand-père pour frapper les chevaux qui ne voulaient pas galoper. Jusqu'à ce que je tombe par terre.

« Je le mérite parce que personne ne tombe amoureux de moi ?

– Pour les raisons que tu veux. Relève-toi et remets-toi en position. »

Il m'enlève ma culotte et va chercher la cuvette d'eau. Il mouille mes fesses pour que la douleur soit plus forte. Il me fouettera jusqu'au sang et quand je le supplierai d'arrêter ce sera seulement pour passer à une autre torture. Il me fera enlever la veste de mon tailleur et voudra que je fasse jaillir ma poitrine pour qu'il voie mes gros seins et toute ma viande. Il m'attachera par les poignets à la corde qui pend à un crochet dans le plafond et commencera à me tordre les seins et à les mordre comme pour les dévorer et cette douleur sera insupportable.

« Tu le sais, ce que tu dois faire si tu veux que j'arrête. »

Alors je vais m'étendre sur le lit de fer haut et tout déglingué et j'écarte les jambes pour me montrer à lui complètement et je me prépare à la torture de l'élastique au milieu des cuisses.

Dans cette pièce sombre, il n'y a pas d'intimité possible. Nous faisons dans un seau et il m'oblige ensuite à regarder dedans et à manger en me tenant par les cheveux. Mais j'ai compris une chose : rien de tout ça ne fait plus mal que mon vétérinaire et sa danseuse qui se regardent dans l'eau du ruisseau, que maman dans son dépotoir là-haut, que les cartes postales de Mauro De Cortes. Que mon frère qui ne dit pas un mot. Ou que mon père qui n'est pas là.

Grand-mère a vraiment un faible pour Mauro De Cortes

Hier, à l'heure du déjeuner, on sonne à la porte et quand ma tante va ouvrir elle s'écrie: «Mon Dieu! Ce n'est pas possible! Mais nous on avait fait une croix sur toi!

– Je vous ai gâché le plaisir?» entend-on Mauro De Cortes répondre en riant.

Je me précipite moi aussi pour l'embrasser. Avec mon frère, grandes claques dans le dos. Il est assailli de toute part, et peu importe qu'il soit parti sans dire au revoir et ne se soit pas fiancé avec ma tante, c'est bien qu'il soit là.

«Quand avez-vous débarqué?

– Nous n'avons pas débarqué. Je rentre à l'instant en avion. Je n'ai même pas encore averti mes enfants.

– Qu'est-ce qui est arrivé à ton bateau?

– Rien. En parfait état. Il vogue sur la Méditerranée avec mon ex.

– Tu lui as laissé le bateau?

– Vous savez bien que je n'aime pas les litiges.

– Donc plus de bateau ni de fiancée?

– Et plus de maison. Il va falloir que j'en trouve une plus petite, parce que j'ai trop dépensé ces derniers mois.»

Après son départ, ma tante a dit: «C'est le miracle de Valmy qui se répète, les enfants! Une petite armée de va-nu-pieds triomphe d'une coalition ennemie!»

Et elle a entonné la Marseillaise.

Mauro se repose des fatigues de son long voyage sur la vaste et douce poitrine de ma tante, ses flancs méditerranéens, ses jambes longues et parfaites, ses cheveux éternellement ébouriffés. Il lui bousille des tiroirs entiers de lingerie en la déchirant sur elle et quand ma tante doit rentrer chez nous pour m'aider à réviser mon histoire pour le bac, il lui dit: «Ne bouge pas!»

Ma tante nous parle du nouveau logement de Mauro, qui est bien plus petit, mais vraiment bien plus beau que l'autre. Elle dit qu'il y a un éclairage tamisé, que la salle de bains c'est le maximum de rationalité dans un minimum d'espace, que les livres et les CD sont encastrés dans les murs. Les plats passent de la zone cuisson à la table du repas par un petit passe-plat qui donne à tout ce qu'on mange quelque chose de magique. Et la chambre est comme une cellule de moine dans un monastère au-dessus de la mer, avec le lit sous une petite fenêtre à barreaux à travers lesquels la lumière semble arriver de loin, en même temps que l'écho des cloches et l'air salé.

Et puis, chez Mauro, tu peux vraiment écouter de la musique. Bien sûr on ne manque pas de musique chez nous non plus mais, soit dit sans offenser mon frère qui joue très bien, entendre toujours les mêmes exercices ou le même passage pendant des heures jusqu'à ce qu'ils soient parfaits, ce n'est pas comme écouter ton morceau préféré confortablement installée dans un fauteuil.

Ma tante a peur que tout ça ne finisse. Elle a peur de ne plus sentir le corps de Mauro peser merveilleusement et intimement sur le sien. Et cette fois, elle ne sait pas de quel plan de guerre s'inspirer car aucune stratégie ne saurait soutenir l'offensive d'un départ à l'improviste, d'une autre mer, d'un autre amour. Quand elle lui a dit « Je t'aime », Mauro s'est mis en colère et lui a même donné une claque sur les fesses, par réflexe, en la priant de ne pas employer de gros mots, parce que ce qu'ils font tous les deux c'est baiser, rire et discuter merveilleusement bien. Rien de plus. Et moi je sais quelles bombes s'apprêtent à tomber sur la tête de ma tante. Et de grand-mère aussi, qui semble renaître depuis que sa fille est avec Mauro, et dit : « Enfin en voilà un de normal. »

Mais je n'ai pas oublié que coucher, rire et parler est pour Mauro une bien piètre idée de l'amour.

Des refuges. Voilà la seule solution possible : installer des refuges pour pouvoir résister.

Car il est évident maintenant qu'aucun des Sevilla-Mendoza survivants ne peut se permettre de filer à l'anglaise comme ont fait maman et papa, et salut la compagnie.

Nous, nous devons rester. Nous nous sommes tacitement donné notre parole d'honneur que nous resterions.

À l'intérieur du requin

Le refuge, malheureusement, servit. C'est peu de le dire. De l'intérieur on n'entendait rien, car il y eut un grand silence quand Mauro De Cortes cessa d'inviter ma tante à venir chez lui et que j'appris que mon vétérinaire avait maintenant adopté l'autre chiot. Cette fois, ma tante ne se coucha pas sur le carrelage et ne courut pas à travers la maison en se tapant la tête contre les murs. Elle se lava, mangea et alla à l'université donner ses cours. Elle ne fit allusion à aucune bataille, et ne nous compara ni aux vaincus ni aux vainqueurs. Simplement, après la guerre atomique, nous avions disparu de la surface de la Terre.

Là dans le refuge, une sorte de ventre de requin-baleine, il y avait toutes les choses que la mer après des millénaires d'histoire y avait déposées, sauf que la vie de survivant n'apportait aucune satisfaction. Surtout, nous ne comprenions pas ce qui avait déclenché la guerre atomique.

Grand-mère venait nous voir et continuait à demander à sa fille : « Mais toi, qu'est-ce que tu lui as fait ?

– Rien. »

Alors grand-mère essayait à voix haute de comprendre et partait dans de longs soliloques. Elle disait que ma tante avait peut-être joué les évaporées, ou que peut-être Mauro De Cortes ne voulait pas être avec une femme qui avait eu tous ces hommes, ce qu'elle avait confirmé en se jetant à sa tête sans même se faire désirer un peu. Ou peut-être qu'elle n'avait pas été assez claire et il n'avait pas compris qu'elle l'aimait vraiment et il avait pensé, vu qu'elle s'amusait, que n'importe qui pouvait s'amuser aussi. Ou peut-être qu'elle avait été trop claire et qu'elle s'était mise à lui faire tout l'historique de sa vie et il n'avait plus rien à découvrir et il avait commencé à s'ennuyer. Bref, elle avait dû faire quelque chose. Parce que Mauro De Cortes est un homme bien, exquis, normal et qui ne fait rien sans motif.

Je me disais qu'au fond ce n'était pas la faute de Mauro si coucher, rire et discuter ce n'était pas ça l'amour, pour lui. Et n'avait-il pas le droit et le devoir de le chercher ailleurs? Bien sûr, ce mal qu'il faisait, ce n'était pas exprès et il n'avait sûrement pas appuyé sur le bouton rouge de la guerre atomique. Pas plus que mon vétérinaire, ou la danseuse. À mon avis personne n'avait appuyé sur le bouton rouge, ni eux, ni nous. Peut-être qu'un objet quelconque était tombé dessus et la bombe avait explosé, ou peut-être que c'était Dieu qui avait mal organisé les choses et maintenant il n'y avait plus rien, sauf ce ventre de requin rempli de babioles.

Plus rien, au point que mon frère se rendit compte un jour que ses pantalons étaient décousus et pleins de trous, sa ceinture sans boucle, sa montre sans pile, qui marquait toujours la même heure, et il sortit un jour voir s'il pouvait y remédier. Même le grand magasin de la via Manno, où il allait toujours, n'existait plus. Il rentra les mains vides et se mit à pleurer, pour la première fois depuis qu'il n'était plus un enfant. Il pleurait en disant qu'il voulait sa mère et son père. Et peut-être un Dieu mystérieux eut-il pitié de lui, puisque arriva la première lettre de papa depuis qu'il était parti.

Comme Jonas et Job

Il nous donnait son adresse, disait qu'il était en Amérique du Sud et qu'il essayait d'aider les pauvres malheureux, comme il avait toujours voulu faire, mais que maman était tellement une pauvre malheureuse aussi qu'elle l'avait retenu. Il nous parlait des *cafetaleros*, les planteurs de café, qui n'avaient rien. Rien. Il nous disait que pour mille raisons il n'avait pas abandonné son métier de mécanicien, que pour mille raisons il continuait de lui arriver de citer la Bible et qu'au fond il n'y avait pas eu de grands changements dans sa vie.

Je lui écrivis aussitôt: remplie d'émotion et d'espoir. Je l'imaginais assis à une table, les jambes allongées et ses pieds qui dépassaient à l'autre bout et le cendrier qui se remplissait de mégots, pendant qu'il lisait l'histoire du vétérinaire, des gamines qui ne prêtaient aucune attention à mon frère, de tantine qui avait acheté l'appartement à notre nom et qui avait été une bonne mère même si personne ne lui avait donné les moyens de l'être, et de Mauro De Cortes, du juge, de la bombe atomique et du refuge qui ressemblait au ventre du requin-baleine.

Il me répondit aussitôt en me demandant de lire sa lettre tout haut, après le dîner par exemple, tous ensemble, grand-mère aussi. Il nous parlait de Job, qui était un homme riche et prospère mais également bon, juste et sage. Sauf que Satan dit au Seigneur que c'était facile pour Job d'avoir toutes ces qualités, avec sa fortune. Alors Dieu permit à Satan de tout enlever à Job. Et Job ne comprenait pas pourquoi ni ce qu'il avait fait de mal. Trois de ses amis, Eliphaz, Bildad et Zophar, qui voulaient sincèrement l'aider et chercher les raisons de son malheur, comme grand-mère faisait avec nous, vinrent le trouver. Mais aucune raison n'était vraiment convaincante et ils continuaient de dire des conneries, comme grand-mère, et Job continuait à ne pas comprendre. Et même quand le Seigneur se manifeste à lui à travers toutes les choses de la Création il ne comprend toujours pas les raisons de son malheur, mais là il s'en fiche parce qu'il lui suffit de savoir que Dieu existe. Ensuite l'histoire finit bien et Job rachète tout et il meurt sage et chargé d'ans.

Voilà quel était son conseil: sortir du ventre du requin, peut-être pendant qu'il dormait. Essayer de nager vraiment vers un de ces endroits des cartes postales de maman et voir si la guerre atomique avait laissé quelque chose de vivant sur terre, si on pouvait encore voir la divine sagesse de la Création par laquelle Dieu se manifeste à Job. Renaître à partir de là, là où maman était morte.

Une nouvelle Genèse. Une Terre promise. Alors mon frère deviendrait un grand musicien et les filles se bousculeraient. Bon, peut-être qu'elles lui laisseraient son pantalon, au moins jusqu'à l'instant T, s'il ne tombait pas sur des allumeuses qui refusent de coucher au dernier moment. Tantine se marierait, avec le juge ou avec le docteur Salevsky, peu importe. Ou avec Mauro De Cortes de retour de son dernier voyage entrepris sans nous dire au revoir, parce que lui, pas de doute, comme disait toujours grand-mère, c'était un homme exquis, merde alors, ça on pouvait le dire! Ou avec quelqu'un qu'on n'attendait pas, de toute façon pour la tante ça ne faisait pas grande différence, non? Et ils auraient un fils, même sur le tard, et ils l'appelleraient Isaac. Et Dieu pardonnerait à grand-mère Zophar, mais seulement si nous intercédions pour elle.

En entendant cette fin, nous éclatâmes de rire tous les quatre et grand-mère dit que papa était toujours aussi fort pour noyer le poisson, et qu'à son avis il allait revenir. S'il était parti, c'était parce qu'on ne lui faisait pas assez pitié, tandis que maintenant…

Ces malheureux grands déjantés de Beethoven et compagnie

Alors mon frère entre, avec cette expression qu'avait maman, genre excusez-moi d'être au monde, même si sa magnifique chemise et sa veste, prêtées par le docteur Salevsky, lui vont à ravir. Le docteur est venu les apporter à la maison, vu qu'on n'avait pas ça, une tenue qui convienne pour un concert. Nous l'avons remercié tant et plus et il a dit que c'était un plaisir d'avoir un coup de fil de temps en temps et de savoir comment ça va et de penser combien maman aurait été heureuse aujourd'hui. Sur le pas de la porte, en prenant congé, il a dit que son frère était pianiste quand on lui a écrasé les mains, parce qu'il s'opposait au régime d'alors en Argentine.

Pendant qu'on le présente, mon frère tourne en rond comme si l'endroit lui était inconnu. Grand-mère et moi serrons notre rosaire, et nous prions du bout des lèvres. Ma tante dit que si ça se passe mal mon frère pourra toujours être chirurgien, avec ces mains magnifiques.

Ou bien, comme dit toujours le juge, quand il passe quelquefois chercher ma tante qui ne lui garde pas rancune et qui est restée amie avec lui, faire son droit, parce qu'il a un sens élevé de la justice. Et la musique, on lui botte le cul.

Mais quand mon frère joue, ces malheureux grands déjantés de Beethoven et compagnie triomphent de tout. Parce que dans cette musique il y a la fragile, tragique, joyeuse et divine intensité de la vie. Et il y a tous ses camarades de classe et ses admiratrices et il y a ce qu'il reste de la famille Sevilla-Mendoza, et les gens n'en finissent pas d'applaudir.

Et maintenant que le requin dort?

Papa n'avait pas été très clair, et il n'était pas là. Comme d'habitude. Nous nous demandions ce que ça pouvait bien être cette nouvelle Genèse, et ce que ça voulait dire, sur le plan pratique, de recommencer là où maman était morte, ou d'aller se promener pour voir si dehors la puissance de Dieu se manifestait.

Le requin grinçait des dents, jamais il ne nous laisserait la place de nous échapper, entre deux dents. Je rêvai que nous nous sauverions par une nuit étoilée, tous les quatre, et que nous nagerions dans une mer-placenta, calme et limpide. Nous resterions unis, et même grand-mère y arriverait. Nous rejoindrions la plage de la carte postale de maman et peut-être que là, nous recommencerions. Mais aucun d'eux ne voulut m'accompagner là-bas.

Si bien qu'un après-midi laiteux de printemps, semblable à celui où maman était morte, je pris ma Vespa et décidai d'y aller seule. J'avais quand même un peu peur des ravins de la route de Villasimius, mais la mer était si calme et si belle et si légère qu'elle se confondait avec les nuages.

Dieu était comme ça, avec nous les humains: tranquille et serein, et infiniment lointain. La merde, il fallait s'en sortir tout seul. Alors que moi j'aurais voulu un mode d'emploi. Pour sortir du ventre du requin, il faut attendre qu'il dorme, avait dit papa. Mais comment fait-on pour savoir s'il dort? Et comment fait-on pour savoir ce qui est vraiment de la merde?

Alors je me suis mise à penser que rien dans ma vie n'avait été ou n'était vraiment de la merde. Mince alors. En fait, tout était beau. Et même dans la vie de maman, sauf qu'elle ne l'avait pas compris. Et ma tante non plus. Ni grand-mère. Et même pas mon frère, ou mon père.

C'était beau les vacances au zoo avec le vétérinaire, et sûrement pas une erreur de m'asseoir à sa table et de me goinfrer sans vergogne, puisque j'avais faim. C'était beau de m'être laissé transporter par lui dans un autre monde et d'avoir entendu aussi le son de cloche de ceux qu'on appelle les méchants. C'était beau, pour ma tante, d'avoir fait l'épouse et la mère et d'avoir appris à nager et d'avoir mis des géraniums et des girofliers sur le balcon. Beau, pour mon frère, Beethoven et compagnie et toutes les filles qui n'y étaient pas encore mais qui y seraient. Beau ce tour de tango pour maman, et maman pour papa, et lui pour elle et nous tous pour grand-mère. Sauf que nous ne le savions pas. Tout ça c'était beau, parce que je les aimais. Et je n'aurais pas voulu rencontrer d'autres gens qu'eux dans ma vie. Et je me rendais compte finalement que Dieu n'est pas du tout un imbécile et qu'il sait très bien ce qu'il fait. Et ce n'est pas vrai non plus que les beaux endroits on ne peut pas y aller et on ne peut pas en jouir.

Au lieu de la route des ravins, je me dirigeai vers l'autre côté, vers Chia, où il y a de longues dunes de sable doux. Je garai ma Vespa sous un auvent et longeai un des sentiers parfumés. Myrte. Hélichryse. Genévrier. Romarin. Même les pauvres fleurs de chardon arboraient la couleur des lilas en se frayant un passage entre les pierres.

Ainsi, petit point insignifiant dans l'univers, je m'apprêtai à jouir de ce vrai don de Dieu. Arrivée à la dune, je m'assis et ôtai mes chaussures, regardai la grande pente de sable blanc qui allait m'emporter comme un toboggan doucement jusqu'à l'eau, une eau bleue et limpide et infinie. Non seulement Dieu n'était pas un imbécile, mais il était tout simplement génial.

Et je compris que c'était le moment de m'échapper, parce que j'étais heureuse non pas de ce qui arrivait mais du simple fait d'exister, et je sentais que cette idée était juste, et qu'en ce moment le requin dormait. Alors je vis un passage entre ses dents, je m'y faufilai puis me laissai glisser sur le sable et entraîner par le courant délicat de la mer et je savais que je m'en sortirais et que je deviendrais sage et chargée d'ans comme Job.

Le monde est beau, vraiment

Avec ses instructions, la sangle et un peu de fumier, je suis devenue un cygne, de petit canard que j'étais. Il n'est plus question de me tuer, c'est beau de vivre, même comme ça. Quand nous franchissons le seuil de la maison, grinçante et déglinguée, il me prend dans ses bras et me porte dans l'escalier. Je réussis à faire cuire des spaghettis en les mettant bien en éventail dans la casserole pour qu'ils ne collent pas et je me promène à travers les pièces de mon palais, et lui, il me fait prendre un bain dans la bassine, après les tortures, et je lui apporte son café à quatre pattes en tenant la soucoupe entre mes dents, avec juste un corset et une chaîne à la cheville. Nous ne parlons jamais, parce que se connaître et se raconter des choses ne fait pas partie du jeu. Si j'ai envie de parler avec quelqu'un, je vais jusqu'au garage de papa où, entre deux moteurs, il est toujours prêt à s'asseoir et à m'écouter et à m'enfumer avec sa cigarette. J'aime les pas qui me portent jusqu'à son atelier, j'aime ses pieds qui dépassent de l'autre côté de la table, j'aime qu'il travaille deux fois plus qu'avant parce que d'Amérique du Sud il a ramené Maria Asunción, à mon avis pour son fils, vu qu'elle passe la plupart de son temps en adoration devant mon frère quand il joue du piano.

Et tous nous la trouvons délicieuse et nous nous disons que ce garçon a vraiment trouvé son Amérique. Et grand-mère fait la grimace et dit que quand même, elle a la peau trop mate, elle est trop *indios*, pas comme ces Sud-Américaines splendides qu'on voit à la télé, et elle dit que nous, dès que c'est bizarre ça nous plaît et que dorénavant « on ne peut plus chier ni pisser » sans Maria Asunción. Mais elle lui fait des raviolis et des boulettes, et quoi que la petite désire, pour elle c'est un ordre.

Ma tante prépare ses valises car le docteur Salevsky l'a invitée en Argentine, en tant qu'amie, ils iront au Cap Horn et aux cascades d'Iguazù et il y aura tous les membres de sa famille à l'aéroport pour les attendre, chaleureux comme seuls savent l'être les Sud-Américains.

Sauf qu'à mon avis ma tante s'est entichée de papa, dont la sépare pourtant une distance sidérale. Je ne peux pas oublier le jour où mon père est entré dans sa chambre, l'ancien bureau de maman, pour y chercher quelque chose et qu'il a trouvé une pile de livres sur le bureau. Alors, je ne sais pas pourquoi, au lieu de faire comme si de rien n'était, il les a pris et le soir au dîner il est arrivé déguisé en exorciste, il les a lancés sur la table et s'est mis à réciter d'un ton solennel la liste des titres:

Conquérir un homme en lui faisant des petits plats, Devenez une bête de sexe en dix-huit leçons, Comment affronter les disputes avec l'homme de votre vie, Être sa seconde femme, Soyez une geisha sans avoir jamais mis les pieds au Japon, Ce qui fait craquer les hommes.

Puis il a attrapé ma tante par sa masse de cheveux en la tenant bien serrée et l'a obligée à réciter ces titres avec lui :

« Lis-les toi aussi, créature possédée du démon ! Les voilà tes textes sacrés, ta Bible qui est une offense à la complexité de la Création ! »

Et nous de rire aux larmes, et ma tante qui était en colère, même si on voyait par moments qu'elle avait envie de rire elle aussi. Pour finir, elle a pris toutes les œuvres de Satan, elle les a mises dans un sac-poubelle et elle est descendue les porter à la benne à ordures en bas de chez nous.

Et on voit bien maintenant qu'elle préférerait notre cuisine au Cap Horn, aux voiliers et à tout le reste, mais c'est la vie.

La tempête

Et puis, un jour, nous exagérons. Il veut que je me sente ridicule, il dit que nous le sommes tous. Je dois donc circuler avec un balai-brosse dans le derrière et nettoyer par terre comme ça, mais à chaque carreau disjoint ça s'enfonce un peu plus et ça me fait un mal atroce.

Je commence à sentir des douleurs saccadées dans le ventre. Une grande nausée. Par terre une flaque de sang se forme. Je veux aller dans ma vraie maison, avec ma famille, mais comment faire dans cette tenue? Alors je lui donne le numéro de portable et l'adresse de Mauro De Cortes. Je sens qu'il est revenu. C'est scientifique: il est toujours là pour moi.

« Suffit que tu me laisses devant sa porte et puis tu t'en vas.

– Mon cul. Tu viens avec moi à l'hôpital. »

Il me prend dans ses bras et me pose sur la banquette de la voiture comme l'autre fois, comme si j'étais en verre. Il démarre sur les chapeaux de roues en laissant derrière nous notre monde avec la porte ouverte, le lit défait et les traces de son amour clandestin.

Je continue de le supplier:

« Suffit que tu me laisses devant la porte, pourquoi tu veux t'attirer des ennuis?

– Tais-toi. Même à moitié morte tu peux pas t'empêcher de parler. »

Je ne me rappelle pas grand-chose d'autre, à part ses jurons sur Dieu imbécile, ses hurlements contre les médecins des urgences qui sont des connards finis, et pourquoi ils ne virent pas les autres pour s'occuper de moi, et un docteur attrapé par le col avec menace de se faire aplatir la gueule qui appelle la police, et lui qui est obligé de décliner son identité et tout.

Après, le néant. Je suis couchée dans un lit d'hôpital propre et parfumé et Mauro De Cortes est là qui me tient la main et me caresse la tête sans se lasser et qui m'arrange les cheveux comme si je devais aller à une réception.

« Le Grand Sardo-Maso a encore frappé. Et ne ris pas, petite idiote, ça va te faire mal.

– Vous vous êtes vus ?

– Qui ça ? Je n'ai vu personne. Un criminel de merde m'a téléphoné et m'a dit où venir te chercher.

– Alors c'était toi qui hurlais ?

– Après je me suis excusé. Il faut avertir ta famille, petite. La version officielle c'est péritonite. »

Maria Asunción

Du temps, ici à l'hôpital, il y en a beaucoup pour tout. Ce serait bien d'être capable d'écrire sur Maria Asunción.

Pour la première fois mon frère a demandé quelque chose à mon père: prolonger l'été de la fillette. Son temps de séjour ici est déjà dépassé en fait, parce que l'association dont papa fait partie avait obtenu un mois. Ça a passé vite.

Maria Asunción a douze ans, peut-être treize. Mon père l'a rencontrée au marché où elle vivait avec d'autres gosses, mangeant quand elle pouvait, dormant dans les cageots de fruits et vendant tout ce qu'elle trouvait dans les décharges. Et ce n'est pas lui qui l'a suivie, c'est elle, toute timide et sauvage qu'elle est. Quand papa circulait avec d'autres bénévoles dans le marché, il la trouvait chaque fois sur son chemin. Alors il lui posait des questions sur sa vie et elle lui répondait par des plaisanteries absolument irrésistibles, j'en suis sûre. Ce n'est pas que mon père ait été très familier avec elle, parce qu'au début il croyait qu'elle voulait se faire un peu de sous en s'offrant à lui, comme font souvent les petites filles là-bas. Mais non. Maria Asunción mettait sa main dans celle de papa pour faire un bout de chemin avec lui en continuant à plaisanter. Un jour mon père a découvert que c'était une artiste, parce qu'elle est arrivée avec une boîte de conserve remplie de petites pierres et de sable dont elle tirait des sons merveilleux pour accompagner son chant de sirène. Et ce jour-là mon père n'a vraiment pas eu le cœur à plaisanter, il a éclaté en sanglots et lui a raconté que son fils était pianiste et passait ses journées à jouer et ne pensait qu'à la musique, et qu'il aurait tellement aimé le lui faire rencontrer.

Alors il avait cherché la mère de Maria Asunción, qui vivait avec son second mari, que la petite avait fui après une tentative de viol. Ratée. Parce qu'elle avait de la chance, malgré tout, et elle n'avait fait l'amour qu'avec des gamins de son âge, jamais avec des adultes, et puis elle avait la musique et le chant.

Grand-mère a tout de suite voulu qu'elle habite chez elle et qu'elle dorme sur les matelas confortables de ses filles et goûte ses plats les plus délicieux.

Mais moi, je crois que Maria Asunción est la fille ressuscitée d'Atahualpa: absolument royale. Elle ne touche pas à un seul bibelot dans la chambre de maman et de ma tante sans avoir été invitée avec insistance à le faire et ne mange pas avant d'être sûre que chacun a sa juste part, convaincue seulement quand nous lui disons que si elle ne le mange pas, on le jette. Alors elle s'illumine.

« Muchas gracias ! » dit notre princesse aux longs cheveux lisses, aux doigts fins, aux gambettes maigres.

Quand elle vient chez nous elle passe son temps en adoration devant mon frère qui joue et papa l'a convaincue de fabriquer un de ses instruments de musique. Alors, un jour, tôt le matin, nous sommes allés au Poetto pour qu'elle ramasse des petits cailloux et du sable à mettre dans des boîtes de conserve et la mer était plate comme dans une baignoire. Pas trop de vent. Pas trop de chaleur. Pas trop de gens. Elle avait peur, et pour lui prouver qu'il n'y avait rien à craindre nous sommes tous allés à l'eau, même grand-mère. Et l'on n'entendait, toutes les deux ou trois brasses légères, que notre respiration et le bruit de l'ultime friselis de vague sur le rivage. Mon frère est revenu la chercher et l'a persuadée de monter sur son dos et Maria Asunción a eu confiance en lui et a uni sa respiration aux nôtres, ses brasses légères, ses pieds de princesse aux bancs de poissons argentés. J'étais sûre qu'elle était en train de trouver le passage entre les dents de son requin, qui s'était endormi, et que mon père trouverait sûrement un moyen de la faire rester avec nous.

Connaissant Maria Asunción, je suis de plus en plus convaincue que tout le monde souffre de la même faim. Chaque soir, avant de nous coucher, nous devons appeler chez grand-mère et rassurer la petite fille sur le fait que nous sommes vivants.

« Buenas noches, Maria Asunción !

– Buenas noches !

– Buenas noches ! »

Grand-mère dit que c'est seulement après que Maria Asunción s'endort. Et le matin, même cérémonial pour lui faire savoir que nous nous sommes réveillés vivants et en pleine forme.

« Buenos días, Maria Asunción !

– Buenos días !

– Buenos días ! »

Et puis un jour mon frère rentre du conservatoire et tout content nous apprend qu'il a obtenu une bourse et qu'il ira terminer ses études à Paris.

Qui va l'annoncer à Maria Asunción ce soir ?

Qui endort le requin ?

Grand-mère dit qu'il suffirait de pas grand-chose pour qu'elle soit heureuse : si maman et grand-père n'étaient pas morts, si papa ne partait pas, si ma tante se fiançait, si mon frère téléphonait de Paris plus souvent et nous racontait quelque chose, si je guérissais... Si Dieu le voulait.

Mauro De Cortes a rompu aussi avec sa dernière fiancée. Il croise souvent ma tante, ici à l'hôpital. Un jour elle portait des sacs lourds avec des affaires pour moi et il s'est précipité vers elle pour les lui prendre. Ma tante, après le départ de Mauro, n'arrêtait pas de me répéter : « Tu as vu comment il m'a pris les sacs ? »

Quand mon père est arrivé, elle n'a pas pu s'empêcher de le raconter à lui aussi et papa a répondu : « Et tu disais qu'il n'était pas amoureux de toi. Mon cul, oui ! Les sacs, c'est bien la preuve du contraire ! »

Ma tante n'a plus rien dit et on voyait qu'elle se sentait bête, mais j'ai compris en même temps que papa était jaloux.

Pourtant Mauro De Cortes n'est pas méchant. Ni un faux traître qui mérite seulement qu'on lui botte le cul, comme dit ma tante. Bien sûr, pas non plus un homme exquis comme le prétend grand-mère. Mais moi, je considère comme un privilège de l'avoir connu.

Quand il vient me voir, il me parle de la mer et des voiliers. À mon avis, Mauro n'a pas voulu de ma tante parce qu'elle ne sait pas naviguer, et naviguer ça veut dire que tu dois bien étudier la situation : le vent, les courants, les fonds marins, les phares. Et te comporter en conséquence. Mauro dit que pour qu'un plaisancier s'amuse au moins un peu, il faut minimum cinq nœuds, et ma tante, à cinq nœuds, elle vomit que c'en est un plaisir. Je le sais parce que maman et elle se bourraient de Xamamine rien que pour prendre la navette entre Calasetta et Carloforte, et mon grand-père disait : « C'est ça des filles de marin ? »

Mais alors, pourquoi Mauro a-t-il plaqué aussi toutes ces femmes qui ne vomissaient pas ? Un jour, je le lui ai demandé et il m'a répondu que je suis vraiment un drôle de personnage. Qui dit que c'est lui qui les a plaquées ?

C'est elles qui l'ont quitté, oui, fatiguées de ses silences, de ces longues et interminables journées sans rien voir d'autre que la mer, de son incapacité à faire un compliment, de ses manies. Mais pour lui, le plaisir de la mer est resté intact. Le concret des choses que tu fais en mer. Tu étudies le vent et tu mets la voile qui convient. Tu pêches tes poissons et tu les manges.

Parce que le plaisir, dans la navigation, c'est de naviguer !

Sans Mauro et sans l'hôpital, je n'aurais jamais su autant de choses sur maman quand elle était jeune. Lui, maman et ma tante, il les connaît depuis toujours parce qu'il habitait l'immeuble en face, dans le quartier de la basilique de Bonaria. Les fêtes, maman n'y allait jamais, sauf quand ses amies l'y traînaient, ou quand grand-mère l'y obligeait. Elle restait là assise, effrayée comme un lapin, et quand on l'invitait elle disait qu'elle ne savait pas danser. Elle passait presque toute la fête cachée dans les toilettes. Elle avait de beaux cheveux lisses et blonds serrés en une tresse et des yeux doux comme le chocolat, mais avec les garçons ça ne marchait pas. Faire un petit bout de chemin avec elle était toute une entreprise, parce qu'on voyait qu'elle ne savait pas quoi dire et que ça la rendait nerveuse. L'atmosphère devenait de plus en plus lourde et l'embarras croissait. Mauro, quand il était jeune, pensait qu'elle avait un peu des problèmes. Mais je ne dois pas le prendre mal. C'était sa façon de marcher, hésitante et courbée, en zigzag, ces robes-sacs à fleurs et ces chaussures éculées jamais de saison.

Mon père l'invitait toujours partout, et elle attendait qu'il ait fini de danser avec les autres. Puis il s'approchait d'elle pour repartir ensemble et il lui attrapait la tresse et l'agitait comme une queue en lui faisant « Wouah ! Wouah ! Arf ! » N'importe quelle fille l'aurait traité d'imbécile, mais elle non. Elle riait comme avec personne. Parce que papa c'était exactement l'inverse : des nuées de filles après lui. La guitare, excellent musicien, il avait appris tout seul, vraiment. Pour faire rire, il était capable de se fourrer dans des situations incroyables. Il parlait même avec les pierres, et les pierres parlaient avec lui. Il voulait sauver le monde, comme un révolutionnaire, comme un curé, qui sait, et on aurait dit qu'il commençait par cette drôle de créature qu'était ma mère. Et finalement, il y était arrivé, il l'avait soustraite à la tempête pendant près d'un quart de siècle.

Mais quand la tempête arrive, ça peut être très soudain. Mauro le sait, il l'a vécu.

Le vent te fait plaisir au début, parce que c'est justement ce qu'on recherche quand on fait de la voile. Mais il se met à souffler de plus en plus fort. Soixante, soixante-dix nœuds. Tu n'arrêtes pas de prendre des ris. Chaque mouvement devient difficile, risqué. Tu dois t'attacher, mais il était arrivé à Mauro, par exemple, de ne pas avoir le temps de le faire. C'était trop tard, il ne pouvait plus lâcher la barre même un instant. Sept heures à la barre à recevoir l'eau de mer et la pluie. Une violence capable d'arracher une planche boulonnée à la proue. Plus aucun point de repère dans une mer en furie. Il aurait pu perdre sa voile, casser son mât. La seule chose à faire, c'était de guider tant bien que mal le bateau et de résister. À ce moment-là, Mauro avait compris qu'il pouvait mourir, il s'était résigné et s'était mis à admirer le paysage, tout gelé et endolori qu'il était. Il jouissait de la hauteur des vagues et de cet espace sans terre, sans ciel, rien que l'eau vaporisée par le vent. Et puis ça avait passé. Il s'en était sorti.

Le récit de cette tempête m'a fait si peur que l'autre jour, quand il s'est mis à pleuvoir, j'ai envoyé un texto à mon père: «Je t'interdis de venir à l'hôpital, il y a de la bourrasque!»

Aussitôt après mon portable a sonné. «Où ça, bourrasque, ma fille? Jean La Bourrasque[1]?»

---

1. Héros d'un roman italien pour enfants, qui met en scène un petit garçon agité et indiscipliné.

La nouvelle famille Sevilla-Mendoza

Debout, devant l'église. Lunettes noires pour cacher les larmes, qui coulent à grosses gouttes. Les gens qui sortent de la messe précédente regardent d'un air apitoyé et passent leur chemin. L'un d'eux s'approche.

« Il y a un enterrement, après ?

– Non », dit grand-mère, qui éclate en sanglots. « Personne n'est mort. Nous pleurons de joie. Aujourd'hui ma fille se marie avec mon gendre. C'est le seul moyen pour que Maria Asunción reste avec nous, si Dieu le veut. »

Mais moi, je dis que Dieu le veut.

Table

Au catalogue, dans le domaine italien…

Milena Agus, *Mal de pierres*
Milena Agus, *Battement d'ailes* (et piccolo n° 64)
Milena Agus, *Quand le requin dort*
Milena Agus, *Mon voisin* (piccolo n° 60. Inédit)
Simonetta Agnello Hornby, *L'Amandière*
Simonetta Agnello Hornby, *La Tante marquise*
Bruno Arpaia, *Dernière Frontière* (et piccolo n° 32)
Bruno Arpaia, *Du temps perdu*
Mario Brelich, *Le Navigateur du déluge*
Giacomo Cacciatore, *Parle plus bas*
Domenico Campana, *A l'abri du sirocco* (et piccolo n° 57)
Alfio Caruso, *Willy Melodia*
Natalia Ginzburg, *Tous nos hiers* (piccolo n° 19. Inédit)
Primo Levi, *Le Fabricant de miroirs*
Primo Levi, *Lilith*
Primo Levi, *Poeti* (piccolo n° 1. Inédit)
Andrej Longo, *Adelante*
Rosetta Loy, *La Bicyclette*
Milena Magnani, *Le Cirque chaviré*
P. M. Pasinetti, *De Venise à Venise* (piccolo n° 20)
P. M. Pasinetti, *Partition vénitienne*
P. M. Pasinetti, *Petites Vénitiennes compliquées*
Alessandro Piperno, *Avec les pires intentions*
Paolo Repetti, *Journal d'un hypocondriaque*

CET OUVRAGE A ÉTÉ ACHEVÉ D'IMPRIMER
SUR ROTO-PAGE
PAR L'IMPRIMERIE FLOCH À MAYENNE
EN JANVIER 2010

N° d'édition : 396. N° d'impression : 75622.
Dépôt légal : mars 2010.
(Imprimé en France)